Gerda Nehring

JOHANN ARNOLD NERING
Ein preußischer Baumeister

Essen 1985

Zur 2. Auflage 2002

Der „Familienkreis Nehring" beschloß im Oktober 2001 eine Neuauflage des vorliegenden Buches über JOHANN ARNOLD NERING.
Mit freundlicher Genehmigung des Sohnes von Gerda Nehring, Dr. phil. Karl Hildrich Nehring, München, entstand diese Auflage im Frühjahr 2002 nach Aufnahme der Texte und Bilder in einen elektronischen Datenbestand durch Günter Nehring, Böblingen.
Die Deck- und Rückseite des Buches wurde neu gestaltet. Der Druck erfolgte über Fa. „Libri", Hamburg, mittels Laserdrucker.
Im Anhang zum Original-Buch trug der „Familienkreis Nehring" noch ergänzende Informationen zu Artikeln über Johann Arnold Nering zusammen, die heute, siebzehn Jahre nach Erscheinen der ersten Ausgabe, von Interesse sein können.

Gerda Anna Julie Nehring geb. Ihlder, Apothekerin, * Grabow in Mecklenburg 2. 5. 1907, † Essen 14. 2. 1992 war von 1979 – 1984 Sprecherin des „Familienkreises Nehring".

Fotos: Titelseite:
        oben: Johann Arnold Nering (Nach dem Bilde im Lichthof des Zeughauses)
        Mitte: Zeughaus (Landesbildstelle Berlin)
        unten: Zeughaus (Archiv Burg Hohenzollern, Hechingen)
    Rückseite:
        oben: Schloß Charlottenburg 1704 (Landesbildstelle Berlin)
        unten: Schloß Charlottenburg 1840 (kolorierter Stahlstich von Henning)

Herstellung: Books on Demand GmbH

Alle Rechte liegen beim Herausgeber.

<u>Herausgeber:</u>   Familienkreis Nehring (www.familienkreis-nehring.de)

        Sprecherin: Dr. Gertraud Menges
                             Jakobstr. 8
                             78464 Konstanz

        Buchversand: Günter Nehring
                               Jakob-Kaiser-Str.1
                             71034 Böblingen
                             e-Mail: nehring-boeblingen@t-online.de

ISBN: 3-00-009428-8

Vorbemerkung

Die Idee zu dieser Arbeit hatte Herr Hubertus Nehring, Siek.
Herr General a.D. Walter K.Nehring gab mir wertvolle Mitteilungen über das Wirken von Johann Arnold Nering und wies mich auf die „Prussia" hin. Diese Zeitschrift für Heimatkunde und Heimatschutz zu Königsberg veröffentlichte 1935 die Dissertation von Georg Fritsch „Die Burgkirche zu Königsberg i.Pr. und ihre Beziehungen zu Holland".
Herr Archivar Theodorus A. Neerings vermittelte mir die Akte Hof-Bau-Personal des Königlichen Haus-Archivs und nahm regen Anteil an dieser Arbeit.
Die wichtigsten Hinweise verdanke ich Frau Dr. Dorothee Nehring, die mir aus Bibliotheken und Archiven den größten Teil der Urkunden zusammentrug.
Den Verwandten und Freunden, die mich bei dieser Arbeit unterstützten, möchte ich für das besondere Interesse hiermit vielmals danken.

Essen im August 1985　　　　　　　Gerda Nehring

Inhalt

Herkunft ....Seite........1
Geschichtlicher Hintergrund 2
Ausbildung 3
Schloß Oranienburg 5
Stadtschloß und Orangerie Potsdam 6
Bogenlaube längs des Schlosses zu Cölln 7
Hetzgarten und Pommeranzenhaus 8
Das Leipziger Tor 9
Die erste steinerne Brücke Berlins 10
Der Mühlendamm 11
Der Galeriebau des Schlosses an der Spree 12
Die Schloßkapelle zu Köpenick 13
Die Burgkirche in Königsberg 16
Die Parochialkirche 19
Das Zeughaus 21
Der Erweiterungsbau des Berliner Rathauses ...26
Der Marstall 28
Das Schloß Charlottenburg 29
Das Schloß in Schwedt 34
Schloß Niederschönhausen und
Jagdschloß Friedrichshof bei Königsberg 36
Die Friedrichstadt 37
Urkunde zur Ernennung zum Oberbaudirektor ...38
Besoldung und Akten zum Tode Nerings 41
Das Portrait 49
Nerings Wirkungskreis nach 1688 51
Das Fürstenhaus 52
Das Haus Molkenmarkt Nr. 4 53
Der Churfürstliche Jägerhof 55
Das Derfflinger Haus 56
Zusammenfassung 58
Verzeichnis der Abbildungen 60

Anhang (vom Familienkreis Nehring in 2002)

Nehringstraße und Nehringschule 80
Nering-Genealogie 80
Schloß Oranienburg 81
Stadtschloß und Orangerie Potsdam 81
Stadtschloß und Sarkophag Berlin 83
Schloßkapelle Köpenick 84
Burgkirche in Königsberg 84
Die Parochialkirche 85
Das Zeughaus 87
Der Gendarmenmarkt 88
Das Charlottenburger Schloß 88
Das Schloß in Schwedt 89
Schloß Niederschönhausen 90
Schloß Friedrichsfelde 91
Das Schloß Barby 92

Neben Informationen im Internet (z.B. unter „Johann Arnold Nering" gibt es bei der Suche in www.google.de im Jahr 2002 237 Suchstellen) stehen eine Reihe von Bild-und Textbänden zur Verfügung. Hier nur ein Auszug:

Preußen – Kunst und Architektur
ISBN 3-89508-424-7,
J.A.Nering: Seiten: 77/78, 80, 83/84, 88/93, 95, 98, 100, 102, 107, 114, 116, 171 und 225

Das Berliner Zeughaus – Die Baugeschichte
von Regina Müller, ISBN 3-89488-055-4,
J.A.Nering: hier „Vier Baumeister für ein Zeughaus"; Seiten: 26/38

Berlin – Baumeister und Bauten
von Uwe Kieling, ISBN 3-12895110-1 (DDR),
J.A.Nering: hier u.a. die Seiten: 44/45, 56/60, 62/66, 90/91, 107/108 und 148/149

Weiterhin wird auf die Angaben zur Literatur in den folgenden Texten hingewiesen.

Herkunft

„Die Familie Nering gehört zu den niederländischen Religionsflüchtlingen, die im 16. Jahrhundert in Wesel Zuflucht fanden. Als Bomesinenweber, die geköpertes Gewebe verfertigten und dieses damals für Wesel bedeutendste Handwerk ausübten, werden unter diesen Niederländern ein Aleff Nering und ein Johann Nering und als Tuchhändler ein Johann Nering und ein Laurentz Nering genannt, die in der Zeit von 1559 bis 1578 in Wesel das Bürgerrecht erwarben. (1) Ein Nachkomme Laurens Neringhs heiratete am 17. Februar 1619 eine Jenneken Lennessen (2), ihr siebentes Kind Laurens wurde am 6. Oktober 1636 in Wesel getauft. (3) Dieser Laurens Nering trieb in Utrecht und Marburg juristische Studien und erwarb den Doktorhut. Er heiratete am 28. Mai 1658 in Wesel die Susanne Knobbe (4), war lange Jahre Schöffe und wurde für die Jahre 1677-1679 zum 2. Bürgermeister und für das Jahr 1685 zum 1. Bürgermeister seiner Vaterstadt gewählt. Er hatte sechs Kinder, von denen das älteste, ein Sohn Johann Arnold, am 17.März 1659 in der Willibrordikirche getauft wurde (5)"

1) Adolf Langhans: Die Bürgerbücher der Stadt Wesel (1950), S.120 f., 130, 132, 138.
2) Trauregister der Willibrordikirche 1597-1653, S.150.
3) Taufregister der Willibrordikirche 1595-1640, S.477.
4) Trauregister der Willibrordikirche 1653-1682, S.66.
5) Taufregister der Willibrordikirche 1654-1666, S.118.

zitiert nach Metzmacher, Gerhard: Johann Arnold Nering ein berühmter Sohn Wesels in: Heimatkalender des Kreises Rees 5/1956 S.154-158.
Neerings, Theodorus A.: Zur Geschichte des niederländischen Geschlechts Neringh zu Wesel Genealogie 7/1974 S. 214-217.

Der g e s c h i c h t l i c h e H i n t e r g r u n d der politischen Zugehörigkeit Johann Arnold Nerings stellt sich folgendermaßen dar.
Als 1555 Karl der Fünfte abdankte, wurde das Weltreich geteilt, und die Niederlande dem Spanier Philipp dem Zweiten zugesprochen. 1559 wurde dort Margarethe von Parma Statthalterin. Sie und in ihrer Nachfolge der Herzog Alba unterdrückten hart die Reformbewegung in der katholischen Kirche und zwangen so die Reformierten, das Land zu verlassen.
Mit vielen Niederländern zogen auch die Neringhs in die Grafschaft Kleve und ließen sich in der Festung Wesel nieder, in der sie Bürgerrechte erwarben.
Die letzte Erbin der Grafschaft Kleve, Herzogin Anna, wurde die Gemahlin des brandenburgischen Kurfürsten Johann Sigismund. Im Vertrag zu Xanten vom 12. November 1614 fiel die Grafschaft Kleve an Brandenburq. (6) Damit ist erwiesen, daß Johann Arnold Nering, geboren 1659, politisch Brandenburg angehörte und nicht Holland.
Für seine Entwicklung war das von großer Bedeutung. Er erhielt von seinem Landesherrn, dem Großen Kurfürsten, 1676 ein Staatsstipendium zur Erlernung der Fortifikation, 1677 folgte ein Auslandsstipendium mit der Verpflichtung, in preußischen Diensten tätig zu werden. Nach Borrmann gibt es zwei Akten, die im Auszug hier erwähnt werden sollen:

6) Die Werke Friedrich des Großen, herausgegeben von Gustav Berthold Volz Bd. 1 1913 S. 32 - 36

„So erhält er zu Anfang des 1676 - zur Erlernung der Fortifikation - 200 Thaler in Gnaden zugelegt, die ihm der Freiherr von Spaen auszuzahlen die Weisung erhält" (7). In einem zweiten Aktenstück vom 9. Oktober 1677 heißt es : „Demnach Se. Kurf. Durchl..... die guthe inclination welche Johan Arnold Nering zu dem Studio mathematice und der ingenieur Kunst hat geführet, und Dannenhero das gnädigste Vertrauen haben, er werde hiernechst in dero Diensten nützlich können gebraucht werden, so haben Sie dem selben zur Fortsetzung sothanen Studii und damit Er sich insonderheit in der ingenieur Kunst perfectioniren möge, auf drey nach einander folgende jahre 300 Reichsthaler jährlich aus den Clevischen steuergeldern zu erheben in gnaden zulegen wollen..... Es ist aber gedachter Nering davor gehalten, nicht allein die mathemathiques und ingenieur Kunst ex fundamento zu lernen und zu dem ende in fremde lande, absonderlich in Italien zu reysen, sondern auch ausser erlaubniss in Keine anderen Dienste zu treten." (8) Dieses Stipendium galt besonders für Italien. Ob Nering in Italien gewesen ist, läßt sich sicher nicht nachweisen.

„aus den Archivbeständen im Kriegsministerium erhellt aber, daß er nicht die ganzen drei Stipendienjahre in der Fremde zugebracht hat. Denn in diesen Urkunden treffen wir Nering bereits 1678 als „Ingenieur" an, und als solcher erhält er für die Monate

---

7) Geheimes Staatsarchiv Berlin: R: 9.D D 6.7."begnadigung mit Geldsommen". Zitiert nach Borrmann, Richard: Johann Arnold Nering in : Deutsche Bauzeitung 28. Jahrg. vom 10. November 1894, S. 554

8) Ebd. S. 554 f.

9) Geheimes Archiv des Preußischen Kriegsministeriums: Ausgabe über die Subdidiengelder usw. der Generalkriegskasse 1675 ff. Zitiert nach: Joseph, David: Neues zur Nering-Forschung in Centralblatt der Bauverwaltung 15. Jahrg. Nr. 45 S. 470

Januar bis Mai 1678 monatlich 30 Thaler, ferner für Januar bis Juli 1679 ebenfalls je 3o Thaler Tractament. (9) 1678 wird Nering Ingenieur. Anfangs arbeitete er als künstlerischer Mitarbeiter des Baumeisters Michael Mattias Smids, eines Holländers. (10) Sechs Schleusen und die Saalebrücke hei Torgau sind Zeichen seiner Mitarbeit. (11) Man kann dieses einerseits aus den Abrechnungen mit der Kriegskammer ersehen, die von beiden abgezeichnet sind, anderseits wird Nerings Tätigkeit als oberster Leiter durch die Inschrift der Saaleschleuse bei Grimitz (1696) und durch eine Kupferplakette bewiesen. Die Inschrift der Kupferplakette lautet:

„Anno 1694 hat Friedrich der Dritte Marggraf und Churfürst zu Brandenburg bey noch wehrendem schweren Kriege wieder Frankreich in welchem der Höchste seine Waffen sonderlich gesegnet nach dem Er in eben dem Jahre die Academie zu Halle aufgerichtet, die erste steinerne Schleuse zu Trota, die Saale Schiffbahr zu machen gebauen. In dieser Churfürstlichen Residenz die große Steynerne Brücke und den Hetzgarten zur perfection gebracht. Diese Schleuse nach dem die Fundamente der vorigen Höltzernen mit großer Mühe heraus gearbeitet worden durch schwere Kosten aus Quader-Stücken, wiehe zu sehen ist glücklich vollführt. Und haben die Aufsicht über die Gebäude gehabt. Sein Churf. Durchl. Geheimer Etats Rath Herr Eberhardt von Danckelmann.

Arnold Nering
Arch: und Ober-Bau-Dir:
Hoff-Mauer Meister Leonhard Braun
Hoff-und Fortification Zimmerleute
Nicolaus und Bernhard Reichmann" (12)

10) Smids, Michael Matthias trat 1652 als Hofzimmermann und Schleusenmeister in den Staatsdienst in Preußen. 1653 wurde er Hofbaumeister, 1680 übernahm er Schiffbauten. Smids starb 67 Jahre alt am 24. Juli 1692. Sein Grab und Denkmal befindet sich in der Dorotheenstädtischen Kirche. Joseph, David Neues zur Nering-Forschung in: Centralblatt der Bauverwaltung 15. Jg. vom 9. November 1895 S. 469. Vergl. auch Borrmann, Richard: Johann Arnold Nering in: Deutsche Bauzeitung 28.Jahrg. vom 10. November 1894 S. 557

Das Schloß in Oranienburg

Nach dem Tode des Festungsbaumeisters und Architekten Memhardt (13) setzte Nering in den Jahren 1679 - 1681 den Ausbau des Schlosses in Oranienburg fort. (Abb.2) Hier hatte Henriette von Oranien, die erste Frau des Großen Kurfürsten, nach holländischem Muster eine Gutsanlage geschaffen. Aus dem Stich von Matth. Merian (Topographia Electoratus Brandenburgici 1652) ist ersichtlich, daß es sich um eine Anlage im Charakter einer Wasserburg handelte, die mit Wall und Zugbrücke mehr einem Kastell als einem Landsitz glich. Außerdem beschreibt Hirzel 1924 Fassaden, die einer typischen Neringschen Fassung entsprechen und weist hierfür Nerings Urheberschaft nach. (14) Heute bestehen von Schloß Oranienburg nur noch ein mehrfach umgebauter Mitteltrakt und zwei einzelstehende Flügelbauten.

11) Hirzel, Stephan : Johann Arnold Nering, ein märkischer Baumeister. Diss.1924 an der Sächs. Techn. Hochschule zu Dresden S 26
Zitiert nach Hirzel ebd. S. 45 Anlage III

12) Die kupferne Plakette von 1694, die anläßlich der Gründunq des Nationaldenkmals vor dem Schloß in Berlin gefunden wurde, befand sich (nach Hirzel) im Märkischen Museum. Am 28.10.1981 teilte das Märkische Museum mir mit, daß die Plakette nicht mehr vorhanden sei. Es handelt sich hierbei um Kriegsverlust.

13) Memhardt, Johann Gregor war Holländer und trat 1650 oder kurz vorher in brandenburqische Dienste. Er starb 1678

14) zitiert nach Hirzel ebd. S. 31

Das Stadtschloß und die Orangerie zu Potsdam

An den Umbauten des kurfürstlichen Schlosses war Nering auch beteiligt, aber nur Zeichnungen beweisen es . Das Schloß wurde später von Knobelsdorff im Geschmack des Rokkoko umgewandelt. Nach dem zweiten Weltkriege wurde es dem Erdboden gleichgemacht. Nur der Bau der Orangerie als nördlicher Abschluß des Lustgartens blieb vom Kriege verschont und zeugt heute noch von Nerings Wirken. (Abb.3) Wie in der italienischen Renaissance sind hier gleiche Formenelemente aneinandergereiht zu einer Kette, die von Risaliten (15) rhythmisch unterbrochen werden. Rundbogenfenster, Pilaster (16) und darüber ein Band - wie bei den Kolonaden am Berliner Stadtschloß - geben dem Bau zusammen mit den Risaliten das Gegengewicht zu der hohen Attika (17) mit dem durchgehenden Dachfirst des Flachdaches. Die hohe Attika hier mit Rundfenstern ist eine französische Stilform, die schon beim Schloß von Versailles angewandt wurde, während der durchgehende Dachfirst seinen Ursprung in Holland hat. Leider ist dieser Bau durch Knobelsdorff zum Marstall umgestaltet worden. Dabei wurden an Stelle der End- und der Mittelrisalite mit einem Portal zwei Portale in gleichen Abständen von den Enden geschaffen mit galoppierenden Pferden als Bekrönung. Darunter hat der Eindruck der Leichtfertigkeit, den die ehemalige Orangerie trotz ihrer Ausmaße hervorrief, sehr gelitten. (16)

15) Risalit (italienisch); vor die Flucht des Hauptbaukörpers vorspringender Bauteil, der auch höher sein kann und oft ein eigenes Dach hat. Risalite kommen hauptsächlich bei Profanbauten der Barockzeit vor. Je nach der Lage der Risalite unterscheidet man Mittelrisalite (mit Giebel auch Frontispiz), Seitenrisalite. bzw. Eckrisalite. Ein nicht durch alle Geschosse vorgezogener Teil der Fassade heißt Vorbau, weiter vorgezogene Eckbauten nennt man Flügel. Einen vom Hauptkörper stärker abgehobenen Eckrisalit mit besonderer Dachform, nennt man auch Pavillon (z.B. Wien, Oberes Belvedere) oder wenn er den Hauptkörper überragt auch Turm. Koepfs, Hans: Bildwörterbuch der Architektur, Verlag Kröner S. 318

Bogenlaube längs des Schlosses

Wir können uns heute kaum noch in eine Zeit versetzen, in der die Kaufleute im Schutze eines Schlosses oder einer Kirche ihren Handel trieben und direkten Mietzins an die Fürsten zahlten. Entsprechende hölzerne Buden waren am Rande der Stechbahn an die südliche Fassade des Schlosses zu Kölln an der Spree angebaut. Der Große Kurfürst ließ sie entfernen und beauftragte Nering, sie in entsprechender Weise zu ersetzen. Nering schuf massive Kaufläden, die in einer dorischen Bogenlaube längs des Schlosses lagen. (Abb.4) Der Stich ist eine Ansicht der Südfront des Schlosses, das in der Regierungszeit Joachim des Zweiten (1571-1598) im Frührenaissancestil fertiggestellt wurde. Die neue Bogenlaube unterstrich würdig die Größe des Schlosses. Ein schmales Mauerband lief über den dorischen Säulen hin. Ein schmiedeeisernes Gitter verbarg das Flachdach.

16) Pilaster (lat.) Wandpfeiler, Pfeiler, Mauerstütze zwischen Öffnungen (Türen, Fenstern u.dergl.) meist mit quadrat., rechteckigem oder polygonalem Grundriß, jedoch keine Verjüngung und keine Entasie wie die Säule. Der Pfeiler kann Basis und Kapitell (Pfeilerkapitell) haben. Je nach Lage und Ausbildung eines Pf. spricht man von Freipf., Halbpf., Wandpf., (Pilaster), Eckpf., (Eckpilaster) Antenpf., (Ante), Doppelpf. bzw. Doppelpilaster, Kantonierter Pf., Kreuzpf., und bei Bündelung verschiedener Rundpfeiler von einem Bündelpfeiler. Der Strebepfeiler (Strebewerk) dient zur Aufnah- me des schräg gerichteten Gewölbeschubs. Nach Koepf: Ebd. S. 291

17) Attika (lat. Attisch, athenisch) niedriger Aufbau über dem Hauptsims eines Bauwerks, meist mit einem nach oben abschließenden Gesims versehen. Die Attika kommt in der Antike bes. an röm.Stadttoren und Triumphbögen vor, wo sie nur zur Anbringung von Inschriften und als Sockel für freipl. Bildwerke diente. Seit der Renaissance verwendete man sie an Kirchen und Profanbauten vielfach zum Verdecken des Dachansatzes, während der Barock ein niedriges Obergeschoß, das Attikageschoß entwickelte. Im Klassizismus fehlt gewöhnlich das Abschlußgesims der Attika. Ebd. S. 32

18) Zitiert nach: Hirzel a.a. 0. S. 7.

Hetzgarten und Pomeranzenhaus

Ein ovaler Abschluß des Lustgartens gelang Nering mit dem Bau des Hetzgartens. Amphitheatralisch anqepaßt der Stadtbefestiqung hat er dort gelegen, wo heute am ehemaligen Lustgarten das Alte Museum steht. Er diente zu Auffűhrungen und Belustigungen mit Tieren. (19) In diese Zeit fällt auch der Neubau des Pomeranzenhauses (Abb.5). Er stand in einer Fortifikation an der Spree und war vom Lustgarten durch einen kleinen Graben getrennt. Nering paßte seinen Entwurf der dreieckigen Bastion an und schuf einen Bau, der in der Länge sich zum flachen Bogen krümmte. Im übrigen sind die gleichen Bauelemente wie bei der Potsdamer Orangerie verwendet, nur daß sie geschlossener wirken, wie man an einem Aquarell Stridbecks (20) sehen kann. Der Eingang liegt in der Mitte des Innenbogens, ein Mittelrisalit betont das Portal, dessen Bekrönung durch ein abschließendes Bogensegment die ganze Höhe der Attika einnimmt. Das angehobene Flachdach faßte mit einer durchgehenden Firstlinie den Bau zusammen und betonte die gekrümmte Form des Hauses. Die Dachkante war oberhalb des Portales mit vier Figuren geschmückt, ebenso trugen die Eckrisalite des Pomeranzenhauses am Abschluß vor dem zurückweichenden Dach vier Figuren.

19) Fritsch, Georg: Nering in Thieme-Becker Künstlerlexikon Bd. XXV S. 390/91

2o) Berlin 1690. Zwanzig Ansichten aus Johann Stridbeck des Jüngeren Skizzenbuch, nach den in der königlichen Bibliothek zu Berlin aufbewahrten Originalen. Herausgegeben von Dr. W. Erman. Berlin 1881. Nach Borrmann, Richard: Johann Arnold Nering in: Deutsche Bauzeitung 28. Jahrg. 1894 S. 556

21) Rustika (opus rusticus :bäur.Werk) Mauerwerk aus Bruchsteinen oder Buckelsteinen.Bei letzteren ist die Bosse eigens zugehauen und manchmal mit Randschlag versehen, so daß die beabsichtigte Wirkung eines Bossenmauerwerks betont wird. Während Antike und Mittelalter die Rustika aus Zweckmäßigkeitsgründen verwendeten, entdeckte die italienische Renaissance den ästhetischen Reiz des Bossenmauerwerks und versuchte den primitiven „rustikalen" Eindruck durch besonders weit ausladende Bossierung zu verstärken. Koepf, Hans: Bildwörterbuch der Architektur a.a. O. S. 32l

Das Leipziger Tor

Besonders der Monumentalbau des Leipziger Tores wurde ein charakteristisches Zeugnis seiner Baukunst. Diese Tor im Zuge der Niederwalltraße sollte zu Ehren des Großen Kurfürsten im Jahre 1683 den prächtigen Abschluß der Berliner Befestigungsanlagen bilden. Der Bau war 7o Fuß hoch, eine kräftige Rustika (21) fügte sich in das Festungswerk ein. Das Leipziger Tor bildete eine bis zur Wallhöhe von Pilastern eingeschlossene Bogenpforte, darüber erhob sich ein Aufsatz mit toskanischen Halbsäulen, die eine viereckige Tafel flankierten. Eine Inschrift mit vergoldeten Lettern verherrlichte den Erbauer des Festungswerkes. Der Aufbau wurde bekrönt von einem flachen Bogen über der Tafel, den Trophäen und ruhende, gefesselte Sklaven schmückten. Im Felde des Flachbogens prangte das vom Kurhut gekrönte kurfürstliche Wappen. Ein Stich ist uns von der Anlage erhalten. (Abb.6)

Zehn Wochen nach dem Tode Friedrich Wilhelm I., am 12. 12. 1688 traf ein Blitzstrahl das Tor; einem Sklaven wurde dabei der Kopf abgeschlagen und Beschädigungsspuren blieben an der Inschrift „Fridericus Elector Felix". Die Bevölkerung betrachtete dieses Ereignis als ein böses Omen. Der Legationsrat Besser, damals Zeremonienmeister am brandenburgischen Hof, dichtete geistesgegenwärtig ein vielverbreitetes Gedicht: (22)

> „Der Blitz berührte jüngst die eine von den Pforten
> Und traf die Unterschrift an Friedrich Wilhelms Tor.
> Der Vorwitz ist besorgt, ob den gestreiften Worten
> Was aber stellt man sich für fremde Deutung vor!
> Dem Held, dem dies qeweiht, ist aus der Welt entwichen,
> So heiligt es der Blitz, in dem er es bestreicht.
> Und hat zu unserm Trost hingegen unterstrichen,
> Was nicht mit in das Grab von diesem Helden weicht.
> Sein „Friedrich" „Chur" und „Glück" weicht nicht, es ist geblieben.
> Wer glaubt dem Himmel nicht, der dieses unterschrieben."

1739 wurde das Torauf auf Befehl des Soldatenkönigs bei der Beseitigung der Festungswerke mit abgerissen.

22) In: Meyer, Ferdinand: Berühmte Männer Berlins und ihre Wohnstätten, Berlin 1875, S. 129

Die erste, steinerne Brücke Berlins

1692 - 94 erbaute Nering zusammem mit dem Ingenieur Cayart (23) die erste, steinerne Brücke der Residenz, die die Schloßinsel Cölln mit Berlin verband. Sie hat die Ansicht Berlins im besonderer Weise geprägt. Im Laufe der Zeit hat sie verschiedene Namen getragen. Sie hieß anfangs die „Lange Brücke", später „Kurfürsten-Brücke" wegen des Reiterstandbildes des Großen Kurfürsten, das dort aufgestellt war, heute die „Rathausbrücke". (Abb.7). Mit fünf Korbbögen aus Pirnaischen Quadersteinen wölbt sie sich in einer Länge von 160 Fuß über die Spree. Der leichte Bogen, der dieses Bauwerk so elegant erscheinen läßt, war notwendig, um die Niveauunterschiede zwischen Kur-Cölln und Berlin auszugeichen. In der Höhe des dritten Bogens wurde von vornherein ein größerer seitlicher Ausbau geschaffen, der ein Reiterstandbild tragen sollte. Hier stand zuerst die Reiterstatue des Großen Kurfürsten. Dieses wuchtig erscheinende Werk Schlüters hat durch den zweiten Weltkrieg bedingt seinen Standort gewechselt und befindet sich jetzt im Ehrenhof des Charlottenburger Schlosses als Mittelpunkt. Interessanterweise kehrt des Motiv der gefesselten Sklaven vom Leipziger Tor am Sockel des Reiterstandbildes wieder.

Die heutige Rathausbrücke entspricht keineswegs ihrem damaligen Aussehen. 1818 ersetzte Schinkel die Steinbrüstung durch ein Eisengeländer, um die Fahrbahn zu erweitern. Etwa vierzig Jahre später (Abb.7) wurden die Joche vollkommen erneuert, von denen nach der Regulierung und der Einfassung des Flußufers nur noch drei benötigt wurden. Die leichte Schwingung der Brückenlinie blieb glücklicherweise erhalten.

---

23) Der Entwurf stammt von Nerinq, Cayart war an der Ausführung beteiligt. Hirzel, Stephan: Johann Arnold Nering a.a. O. S. 30. Borrmann, Richard: Johann Arnold Nering in: Deutsche Bauzeitung 28. Jahrg. vom 14. November 1894 S. 561

Der Mühlendamm

Eine noch prächtigere Brückenanlage schuf Nering mit dem Mühlendame um 1683. (24). Wir können uns heute durch eine Handzeichnung von A.Stridbeck des Jüngeren nur ein annäherndes Bild des Mühlendammes machen. (Abb.9) Diese Anlage führte von Kur-Cölln zum Cöllnischen Fischmarkt von Berlin. Der „Ponte vecchio" von Florenz oder die Rialto-Brücke von Venedig mögen Vorbilder zu diesem Brückenbau gewesen sein. Eingeschossige Kolonaden zogen sich auf der einen Seite über die ganze Länge der Anlage hin. Hier boten die Kaufleute in Läden ihre Waren feil, während die hohe Attika des Säulenganges Platz für die Lager bot. Den Abschluß an jedem Brückenende bildete ein Vorbau, der das Treppenhaus aufnahm, das zum Halbgeschoß in der Attika emporführte. Er war mit Rundbögen passend unten zu den Kolonaden und mit eckigen Fenstern oben ausgestattet. Das Mittelstück dieser Wandelhalle war die sogenannte „Friedrich Porten". Sie wurde durch ein besonders großes Portal von der Fahrbahn her geschmückt, das durch Risalite und Pilaster betont wurde. In die Attika hinein reichte bis zur Dachkante ein von Pilastern flankierter, kegelstumpfartiger Aufbau. In der Höhe der Firstlinie verjüngte sich dieser Aufbau in drei Abschnitten zu einer Turmspitze. Dieser Turm auf dem Portale wäre nicht so eindrucksvoll gewesen, wenn nicht sein schlanker Bau seitlich von zwei niedrigen Figuren flankiert worden wäre. Sie standen in der Fortsetzung der Risaliten auf Pilastern in Höhe des Dachfirstes. Mit der Turmspitze zusammen gab die Gruppe erst dem Portal den Eindruck einer ausgewogenen Bekrönung.Den Kolonaden gegenüber auf der Brücke lagen die Eingänge zu den Wassermühlen. Es muß damals die Bürger von Berlin mit Stolz erfüllt haben, nach dem allgemeinen Niedergang durch den „Dreißigjährigen Krieg" eine so prächtige Brückenpromenade zu besitzen.

24) Borrmann, Richard: Johann Arnold Nering in: Deutsche Bauzeitung 28. Jahrg. vom 10. November 1894, S. 559

Der Galeriebau des Schlosses an der Spreeseite

Nach dem Bau der Bogenhallen vor dem Schloß um 1680/81 bekam Nering den Auftrag, die Südfront des Schloßes mit dem Nordteil zum Lustgarten hin durch eine dreistöckige Galerie zu verbinden, (25) um so dem Schlosse einen größeren Zusammenhang zu geben. Zwischen den vorhandenen Türmen des Nordbaues und dem des Herzoginnenbaues im Süden sollte ein Arkadenbau hochgezogen werden.

Die viereckigen Türme zeigten in ihrem Aufbau vier gleichmäßige Stockwerke mit rechteckigen Fenstern. Als Verbindungsbau zwischen den Türmen legte Nering zwei Stockwerke mit offenen Rundbogen in gleichmäßiger Reihung an, darüber ein Stockwerk mit einer Reihe rechteckiger Fenster als Abschluß, die mit dreieckigen und segmentförmigen Giebeln geschmückt waren. Das unterste Stockwerk, das Rundbogen aus Rustika aufwies, erreichte die Höhe von zwei Turmstockwerken. Die zweite Reihe lief mit den Turmstockwerken parallel, aber ihre Bogen überragten die viereckigen Fenster der Türme, so daß die Reihe mehr Gewicht bekam. (Abb. 10) Der dritte Stock der Galerie war in gleicher Höhe und in einer Reihe in Form der Turmfenster angeordnet und schloß an das Dachgesims der Türme zu einer gemeinsam verbindenden Linie an. Das Verhältnis der eckigen Fenster - betont durch ihren abwechselnden Giebelschmuck - zu den unteren größeren Stockwerken war ausschlaggebend für den Eindruck einer ausgewogenen GIiederung des Zwischentrakts. Diese luftigen Wandelgänge erlitten leider eine Veränderung, als sie später des rauhen Klimas wegen verglast wurden.

Außerdem war Nering am Ausbau des Alabaster-Saales im Berliner Schloß beteiligt, (26) dessen Innenausstattung ihm übertragen wurde. 1779 wurde damit begonnen. Halbrunde Nischen in den Pilastern des Saales sollten zur Aufnahme von Figuren dienen.

25) nach Borrmann, Richard: Johann Arnold Nering in: Deutsche Bauzeitung 28. Jahrg. vom 10. November 1894, S. 555 führt hierzu aus: „Thatsächlich aber gehen die sogenannte Bibliothek sowie der Arkadenflügel am III. Hof in den Akten auf des Hofbaumeisters Namen".

26) Fritsch, Georg: Nering in Thieme und Becker Künstlerlexikon Bd. 25, S. 390 ff.

Die Schloßkapelle von Köpenick

Bei Köpenick mündet die Dahme in die Spree. Während der Ort am Ufer der Spree liegt, steht das Schloß Köpenick auf einer Insel vor der Mündung, von drei Seiten von der Dahme umflossen. Den Zugang zum Festland bildet die Schloßgrabenbrücke. Hier erbaute der Kurprinz 1681 ein Schloß und 1682-1685 dem Schlosse östlich gegenüber, flankiert von Wohnblocks, die Schloßkapelle.(Abb.11) Mit dem Bau der letzteren wurde Nering beauftragt.

Über alle Kriegswirren hinweg hat sich diese Kapelle erhalten und gibt uns noch heute die Möglichkeit, Nerings Baustil kennenzulernen. (27)

Mit Johann Arnold Nering beginnt eine Wende der Baukunst in Preußen. Bevorzugte man bisher Stilelemente der italienischen Renaissance oder der französischen Klassik, so entwickelte Nering aus ihnen einen eigenen Baustil. Er behält oft an Profanbauten die Rustika aus Quadersteinen bei, die durch Rundbogen gegliedert sein können. Im ersten Stock folgen dann über eckigen, schmalen, hohen Fenstern Renaissancegiebel mit Dreiecken oder Flachbogen im Wechsel. An Stelle der Pilastern bevorzugt Nering eine glatte Stuckkante als Betonung der Fensterrahmen, die seitlich in den oberen und unteren Ecken Verbreiterungen wie „Ohren" haben. Sie dienen der Überleitung zwischen dem schmaleren Fenstern und dem darüberliegenden, ausladenden Giebelteil. (28)

Während bei den meisten Fensterrahmen diese Verbreiterungen ein eckiges, längliches Viereck darstellen, sind die Ohren beim Portal der Kapelle S-förmig ausgebildet und oben und unten volutenartig eingerollt. Der Eingang betont die Mitte und wird durch einen Risalit hervorgehoben. Die Front ist dadurch in drei gleichgroße Abschnitte gegliedert, die von vier ionischen Pilastern gerahmt sind.

27) Gut, Albert und Kallmann, Fritz: Nering und die Schloßkirche in Köpenick in: Die Denkmalpflege 9. Jahrg. 1907, Nr. 16, S. 125-128. Badstübner-Gröger, Sibylle: Schloßkirchen in Köpenick und Buch. Herausgeb. Fritz Löffler: Das Christliche Denkmal, Heft 12, 1978, Union Verlag (V O B) Berlin S. 1-16

28) Hirzel: Johann Arnold Nering a.a. O. S. 9

Nach Gut, Kallmann und Badstübner-Gröger ist der Bau der Kapelle folgendermaßen gestaltet:
Die Pilaster der Fassade steigen bis zu einem Fries unter dem Dachgesims auf. Eine hohe Attika über dem Gebälk beschließt die Vorderfront. Dieses Merkmal des Neringschen Stils erhält bei der Köpenicker Kapelle dadurch eine Verschönerung, daß die Eckrisalite je zwei Figuren und die Mittelrisalite je eine Figur tragen. Als Abschluß trägt das Flachdach eine geschweifte Kuppel, auf die eine sechsteilige Laterne mit einer sechsteiligen Haube aufgesetzt ist.
Die Kapelle ist ein Putzbau, die Kapitelle, Basen und das Gebälk sowie die reicher geschmückten Türrahmen und die Figuren auf der Attika sind aus Sandstein gefertigt. Die vier auf der Vorderseite der Kapelle stehenden Figuren stellen die vier Evangelisten dar. An der Seite steht neben Matthäus Aron mit dem Brustschilde des Hohenpriesters, neben Johannes auf der anderen Seite Moses mit den Gesetzestafeln. Vom Schloßhof aus erscheint die Kapelle, die in Seitentrakte eingebaut ist, als rechteckiges Mittelstück mit je eines hohen Rundbogenfenster neben dem Eingang. Im Innenraum springt die gegenüberliegende Seite zu einem stumpfwinkligen, dreiseitiqen Altarraum aus mit zwei hohen Bogenfenstern. Der Innenraum bildet ein Rechteck, dessen Seiten wenig länger sind als die Breite. Gepaarte Pilaster gliedern den Raum. Auf ihnen liegt ein Gebälk mit einem von Akanthusranken geschmückten Fries. Der Raum schließt mit einem reich verzierten, halbkreisförmigen Tonnengewölbe ab. Das Innere der Kapelle ist in Stuckarbeit ausgeführt. Nicht der Altar, sondern eine barocke, sechseckige Kanzel mit einem sechseckigen Baldachin darüber ist vor einem blinden Fenster an der dem Eingang gegenüberliegenden Seite angebracht.(Abb.12)

Entsprechend dr liturgischen Auffassung der reformierten Kirche ist der Kanzel nur ein einfacher Altartisch vorgesetzt. Die zur Wand der Kanzel stumpfwinklig verlaufenden Seitenwände des Altarraumes haben hohe Bogenfenster, durch die das Licht hereinflutet. Sie betonen den Altarraum gegenüber dem dunkleren, angrenzenden Kirchenschiff. Unterhalb des linken Bogenfensters ist das Gestühl für den Kurfürsten aufgestellt. Friedrich III. (als König ab 1701 Friedrich I.) residierte als Kurprinz mit seiner Gemahlin Elisabeth von Hessen-Kassel in Köpenick. Eine Büste der späteren Königin schmückt noch heute die Wölbung über der Kanzel. Der Kurprinz erbaute die Kapelle aus eigenen Mitteln und weihte sie am 6. Januar 1685 ein. Ihre Gesamtanlage ist insofern von besonderer Bedeutung, als Nering hier zum ersten Mal versuchte, den Zentralbau für den Protestantischen Kirchenbau in der Mark dienstbar zu machen; ein Versuch, den er dann in seinem Entwurf zur Parochialkirche noch glücklicher fortsetzte.
In der Gruft der Kirche ist die Prinzessin Henriette Marie von Württemberg-Teck beigesetzt, die von 1749-1782 in Köpenick ihre Hofhaltung hatte, eine geborene Prinzessin von Preußen und Brandenburg, geb. den 11. März 1702, vermählt mit dem Erbprinzen von Württemberg am 8. Dezember 1716, wurde Witwe am 23. Dezember 1731 und entschlief am 7. Mai 1782.
Die Kirche wird noch heute zu sonntäglichen Gottesdiensten der reformierten Gemeinde in Köpenick benutzt.

Die B u r g k i r c h e in Königsberg.

Außer der Köpenicker Kapelle ist nach dem zweiten Weltkrieg noch die Burgkirche in Königsberg erhalten, deren Entwurf Nering 1687 fertigstellte. Sie ist in der Dissertation von Georg Fritsch (29) in Entstehung, Vorbildern und Ausführung ausführlich beschrieben. Darin stellt er zusammenfassend fest:
„Die Burgkirche zu Königsberg in Preußen ist keine unmittelbare Nachahmung einer holländischen Kirche, vielmehr als selbständiger Entwurf in Anlehnung an holländische Vorbilder anzusehen, von denen ihr die „Neue Kirche in Haag" und die unvollendet abgebrochene „Wardkirche" in Leiden am nächsten stehen. Der Entwurf der Burgkirche ist aus dem Jahr 1687 zu datieren. Der bisher baugeschichtlich unhekannte Architekt der Burgkirche ist der kurbrandenburgische Oberbaudirektor Johann Arnold Nering gewesen" ....
Durch den Tod des Großen Kurfürsten 1688 wurde der Bau verzögert. Aus dem Erlaß vom 20. Oktober 1690 (30) geht hervor, daß Kurfürst Friedrich III. an dem Bauplan, den sein Vater durch Nering erstellen ließ, festhielt. Er legte am 25. Mai 1690 den Grundstein zur „Reformierten Parochialkirche", wie sie bis 1818 hieß. 1699 war der Bau bis auf den auch späterhin unvollendet gebliebenen Turmhelm fertiggestellt. (Abb 13) Die Kirche wurde am 22. Januar 1701 in gegenwart Friedrich III. eingeweiht, als er aus Anlaß seiner Krönung zu Friedrich I. in Königsberg weilte.
Die Burgkirche ist eine Saalkirche, die als Mittelpunkt an der einen Wandseite eine Kanzel, an der anderen, ihr gegenüherliegend, eine Hofloge aufweist. An die Mitte schließen sich nach beiden Seiten geschlossene Halbkreise an, die mit Emporen an Querschiffe erinnern. (Abb. 14)

29) Fritsch, Georg: Die Burgkirche zu Königsberg und ihre Beziehungen zu Holland. Ein Beitrag zur Neringforschung. Dissertation, vorgelegt an der Technischen Hochschule zu Berlin am 25. September 1929, veröffentlicht in: Prussia, Zeitschrift für Heimatkunde und Heimatschutz 1935, Band 31, S. 130-187

3o) In den Akten des Archivs der Burgkirche sind folgende wichtige Erlasse festzustellen:
einen vom 18. Oktober 1687:
„Von Gottes Gnaden Friedrich Wilhelm, Markgraf usw.... Unseren gnädigen Gruß zuvor ...... daneben auch anbefehlen wollen nach dem vor einiger Zeit hinausgeschickten Riß, welchen unser Hofar-chitectus Nering verfertigt zu richten und demselben gemäß solche Kirche anfertigen zu lassen".
(an die Prediger und Vorsteher der reformierten Gemeinde zu Königsberg i.Pr.)
-- Der Schriftwechsel ist in Originalen und Conzepten im Archiv der Kirche bzw. im Geheimen Staatsarchiv in Dahlem vorhanden (Rep. 7 69).-- Der reformierten Gemeinde behagte aber offenbar der Plan Nerings nicht recht, sie wollten lieber an dem früheren Plan einer einfachen Saalkirche festhalten und überreichten einen Gegenentwurf, der wohl einen Kompromiß herstellen sollte. Der Große Kurfürst lehnte aber diesen Gegenentwurf entschieden ab, weil er „zu weitläufig" sei und „seinen Intentionen" nicht entspreche. Im Geheimen Staatsarchiv liegt ein kleiner Zettel als Anweisung für die Antwort bei: „Nb. Nach Preußen schreiben, wegen des Kirchenbaues und daß nach Nerings Riß soll gemacht werden."
Am 10./20. Oktober 1690 mahnt ein Erlaß Friedrich III.: „damit ref. Kirchenbau würklich der Anfang gemacht werden soll ... und befehlen Euch hiermit, dieser Sache gebührend zu unterziehen und alle behörige Sorgfalt zu tragen, daß mit vermeltem Kirchenbau soll umgegangen, das Gebäude an ihm selbst dessen davon verfertigten Abriß gemäß sobald als immer möglich zur Perfektion gebracht". Original und Konzept des Erlasses sind vorhanden. Wir erkennen aus dem Erlaß, daß Friedrich III. an dem Bauplan, den der Große Kurfürst durch Nering hatte aufstellen lassen, festhielt. 1691 wurde Nering von Friedrich III. zum Oberbaudirektor für Brandenburg-Preußen ernannt, der Gunst seines Landesherrn war er demnach sicher.
Doch von der reformierten Gemeinde in Königsberg wurde nach dem Tode des Großen Kurfürsten nochmals der Versuch gemacht, einen anderen wohl ihren Gegenentwurf unterzuschieben. Dies ersehen mir aus einem Schreiben des Kanzlers Eberhard von Danckelmann, das im Wort folgt:
„Wohledle geehrte Herren! Beierhand übersende denselb di Mihr vordem zugesandten Risse der dort anzulegenden Reformierten Kirche, welche ich zwar ihrem Verlangen nach S. Churfürstl. meinem Herrn gezeigt von Selbigem aber nicht approbiert werden soll. Es bleibt demnacher nach Churfürstlichem gnädigen Willen bey des Oberbauingenieurs Neringen gemachten Riß und werden sich die Herren danach richten. Ich aber verbleibe deren Herrn

Dien......
gez.E.Danckelmann

Berlin den 10. September 1691."

zietiert nach Fritsch, Georg in: Die Burgkirche zu Königsberg und ihre Beziehungen zu Holland, a.a. O. S. 171

Die Nordapside hat einen Balustradenabschluß und den Abendmahlstisch. Die Breite der Turmseite gegenüberliegend wird von der Empore für die Orgel überspannt. Der quadratische Turm ist der Südseite vorgelagert, durch ihn führt der Haupteingang in die Kirche. Ein zweiter Eingang befindet (Abb.15) sich auf der Westseite zwischen den beiden Apsiden. Kräftige Korbbögen überspannen das Langhaus. Hohe Rundbogenfenster mit rautenförmiger, einfacher Verglasung erhellen die Hallenkirche. Auf flache, ionische Pilaster mit Stuckkapitellen ohne Gebälk sind die Stuckscheinrippen des Gewölbes aufgesetzt, das aus Holz gefertigt und mit Stuck überzogen ist. Nur die Apsiden sind mit massivem Sterngewölbe (31) überdeckt. Das vom Turm mit einem Volutengiebel (32) anlaufende Dach ist mit holländischen Pfannen gedeckt.

Ein projektierter schlanker in Stufen sich verjüngender Turm (Abb. 16) wurde nicht ausgeführt, sondern ein auf das Untergeschoß reduzierter Turm mit einem einfachen Pyramidendach auf einem umlaufenden Gesims. Das Gesims ist mir einer kannelierten Wulst geschmückt. (Abb. 15)

31) „Sterngewölbe, ein Gewölbe aus zentral angeordneten Dreistrahlgewölben oder Rauten."
zitiert nach: Koepf, Hans: Bildwörterbuch der Architektur S. 339

32) Volutengiebe, ein seitlich von Voluten gerahmter Giebel. Volut = franz., Spiral- oder Schneckenform, die häufig an Giebeln (Volutengiebeln) und Kapitellen (ionischen Kapitellen) vorkommt.
zitiert nach: Koepf, Hans: Bildwörterbuch der Architektur S. 406

Die Parochialkirche

Die Burgkirche in Königsberg ist bis heute erhalten. Die Parochialkirche, seit 1944 eine Ruine, ist wieder überdacht und eine Kapelle im Turm dient dem Gottesdienst. Dieser Sakralbau ist Nerings letzter Entwurf (33) vor seinem frühen Tode und bedeutet die Fortführung seines persönlichen Baugedankens für den Kirchenbau. Für ihn spielte der Zentralbau eine wichtige Rolle, weil diese Bauweise die Kanzel in die Mitte der Kirche stellt und eine Anordnung der Gemeinde um das lebendige Wort ermöglicht. Damit ist allerdings nur die protestantische Auffassung des Gottesdienstes angesprochen. Der Zentralbauentwurf Nerings für die Parochialkirche in Berlin wird als Ausgangspunkt für die weitere Entwicklung des deutsch-protestantischen Kirchenbaues angesehen.

Nerings Entwurf zeigt einen Zentralbau (Abb.17) mit einem eingeschossigen Fassadensystem wie bei der Burgkirche in Königsberg; jedoch korinthisch-einfache Dreiviertelsäulen in Polygonecken statt der toskanischen Pilaster der Burgkirche, darüber eine hohe Attika. Wie bei der Burgkirche wird der Eingang vor den Zentralbau gelegt, wie bei der Köpenicker Kapelle bildet ein vergrößerter Giebel den Abschluß der Eingangshalle an der Straßenfront. Die Apsiden waren massiv geplant, die Mittelvierung sollte mit einem Holzgewölbe überspannt werden wie bei der Burgkirche. Dieser prächtige Entwurf ist nur etwa bis zur Sockelhöhe ausgeführt worden. (34)

33) Hirzel, Stephan in: Johann Arnold Nering a.a. O. S. 34 führt hierzu folgenden Brief an:
„Friedrich I II. Curfürst, unseren pp......
Demnach wir unseren Eberhard von Danckelmann, Georg von Berchen u. N. Sculteto gndst. Commission aufgetragen, daß in der Closterstraße belegene Kunkelsches Haus zu Erbauung einer Kirche für die reformierte Gemeinde zu erhandeln; und demselbigen solches unterthst. Bewerkstelliget; also zu befehlen wir Dir hiermit in Gnaden, Dich mit denenselben zusammenzuthun, den Platz in Augenschein zu nehmen, und einen Abriß von der darauf zu bauenden Kirche fordersamst zu verfertigen, auch solchen vorgedachter Commission zuzustellen.
Seind p.Cöln 18. Juni 1694 Eb. v. D.
(Geh. St.-Ar. Rep. 47 B 4 a)
An Oberbau. Dir. Nering"

34) in Zeitschrift: Der Bär: Die Parochialkirche zu Berlin in: Der Bär 1884, 11 S. 234-238, 244-247

Nering überlebt die Grundsteinlegung am 16. August 1695 nur um zwei Monate. Sein Nachfolger, Martin Grünberg (35) hat sich in die Neringsche Bauidee nicht hineindenken können. Für die Statik des Turmhauses, den sein Vorgänger entsprechend dem Königsberger Turm in Holz ausgeführt hätte, verwendete er Stein. Der Turm stürzte ein. Er versteifte die Kirche innen durch gotische Strebepfeiler in den Wandungen, die wenig mit der barocken Form des Baues harmonisierten. Erst am 8.Juli 1703 konnte die Kirche eingeweiht werden. Sie liegt in der Klosterstraße, die in einer leicht gekrümmten Trasse noch heute zeigt, dass sie in den Festungsgürtel einbezogen war.

35) Grünberg, Martin, Architekt geboren 1655 in Preußisch Litauen als Sohn eines Försters, gestorben 1707 in Berlin, kam 1674 als Schreiber an die damalige Glashütte zu Potsdam, widmete sich erst 1680 der Baukunst,in welchem Jahr er auf kurfürstliche Kosten zum Studium der Architektur nach Italien und Frankreich ging. 1688 wurde er „Landmesser", das heißt: Aufseher über das Bauwesen der Kurmark, 1690/1702 wurde nach seinen Plänen die Johanniskirche in Dessau errichtet, 1694 die älteste, deutsche Luisenstädtische Kirche in Berlin, ein bescheidener Fachwerkbau, der bereits 1751 einem Neubau wich. Nach Nerings Tode (Oktober 1695) fiel ihm die Vollendung des nach der Wasserseite zu gelegenen Arkadenbaues des Berliner Schlosses zu, ferner für kurze Zeit die Fortsetzung des Zeughauses, bis Schlüter 1698 dieselbe übernahm, sowie die Bauleitung der Parochialkirche, zu der am 15.8.1695 noch im Beisein Nerings der Grundstein gelegt worden war.
Da sich der Neringsche Entwurf als zu kostspielig für die Ausführung erwies, fertigte Grünberg einen neuen Plan an. (Aufgabe des Neringschen Zentralturmes) ,der vom Kurfürsten im Oktober 1696 genehmigt wurde. Nach dieser vereinfachten, aber auch zugleich stark vernüchterten Neufassung wurde der Bau begonnen. September 1698 erfolgte Einsturz des Gewölbes. Neuer Plan Grünbergs in Konkurrenz mit Schlüter. Juli 1703 Einweihung der Kirche, doch war damals die von Grünberg projektierte Turmfront noch nicht ausgeführt. Ob diese tatsächlich bereits vollendet war, als Philipp Gerlach 1713 mit dem erweiterten Ausbau des Turmes betraut wurde, ist bis jetzt nicht festgestellt. Beide Entwürfe Grünbergs sind in Stichen von J. A. Corvinus erhalten (abgebildet bei Werner)

Das Zeughaus

Ein weiterer Bau, den Nering der damaligen Stadtbefestigung anpassen mußte, war das Zeughaus. Sein erster Grundriß zeigt eine lange Straßenfront zu den „Linden", rechteckig angesetzte Seitenflügel und die Rückfront als einen offenen Hof im Halbrund. Man hat sich erst später diesen Grundriß erklären können, als man die folgende Notiz Nicolais (36) über das Zeughaus fand: „Nering hat den hinteren Teil rund projiziert, weil dieser in einer Bastion lag." Es ist jahrelang bezweifelt worden, dass der Entwurf von Nering stammt.

Peter Wallè schreibt darüber im Beiblatt zur Zeitschrift für bildende Kunst 19/1884 S. 479-80: Wer ist der Architekt des Zeughauses zu Berlin? Er kommt zu dem Schluß: Nach Marperger, der sein Buch im Jahre 1710 herausgab, als Broebes, Schlüter und Jean de Bodt noch in Berlin lebten, hatte Blondel mit dem Zeughause nichts zu thun, und eine spätere Beziehung desselben irgendwelcher Art kann das ursprüngliche Projekt nicht betreffen. Nicolais Angaben in seiner „Beschreibung der Städte Berlin und Potsdam,, bleiben deshalb nach wie vor zuverlässig und bekräftigen alle inneren und äußeren Gründe dafür, daß Nering und kein anderer den Entwurf zum Zeughaus aufgestellt habe.

Heute wird die Auffassung vertreten, daß Nering der Autor des ersten Entwurfes vom Zeughaus war. Der Wechsel von Rund-und Spitzverdachung über den Fenstern, auch die typische Fensterrahmung und die darüber lagernden Figuren sind denen am Schloß Oranienburg vergleichbar. Das Pilastersystem ist an der Orangerie in Potsdam und an den verschiedenen Berliner Arkaden in ähnlicher Form vorhanden.

Forts. 35)

1701/8 gleichzeitig mit der gegenüberliegenden Kirche wurde nach Grünbergs Plänen die neue Kirche auf dem Gendarmenmarkt errichtet. (interessanter Grundriß: regelmäßiges Fünfeck) deren später beseitigter Turmvorbau noch unvollendet war, als Gontard 1708 seine prachtvollen Kuppeltürme in loser Verbindung mit den beiden Kirchen errichtete. (Abb. des Grünbergschen Entwurfes bei Werner) Auch für die alte Garnisonskirche 1701/3, das nicht mehr bestehende Friedrichshospital (1697 von Gerlach vollendet} sowie für die alte durch den Neubau von Schinkel 1824 ersetzte Friedrich-Werdersche Kirche lieferte Grünberg die Entwürfe. 1699 zum Baudirektor ernannt, war Grünberg weiterhin bei Schleusenbauten

Später nach dem Tode Nering ist dieser Entwurf geändert worden, und das Arsenal bekam seine rechteckige Rückfront. Schon 1685 trug sich der Große Kurfürst mit dem Gedanken, ein Arsenal errichten zu lassen. Neun Jahre vergingen, ehe er zur Ausführung kam, und Nering starb im Herbst 1695.

Auch der skulpturale Schmuck des Zeughauses ist auf Nerings Entwurf (Abb.18 a + b), bereits angedeutet; er bekam jedoch erst durch Schlüter seine wirkungsvolle Schönheit besonders durch die realistische Darstellung der Masken sterbender Krieger. So erklärt sich, dass man heute in Schlüter den Erbauer des Zeughauses sieht. In Wirklichkeit trat er erst 1694 in kurbrandenburgische Dienste, wie aus seiner Lebensbeschreibung hervorgeht. Er war in erster Linie Bildhauer, zwar als Oberbaudirektor war er kurze Zeit (1698-1699) beschäftigt, wurde dann wegen Konstruktionsmängel seiner Bauten entlassen. (37)

Forts. 35)
in der Mark, Damm-Anlagen bei Küstrin usw. beschäftigt, baute das Jagdschloß Fürstenwalde 1699/1700 und auch zahlreiche Privathäuser. „Er war" -- sagt Nicolai -- „jederzeit bereit, alles zu übernehmen, wobei sehr oft andere die Ehre und er die Mühe und Verdruß hatte." Thieme und Becker, Künstlerlexikon Bd. 15

36)
Nicolai, Chrisoph Friedrich, geb. Berlin 1733, gestorben ebd. 1811. Deutscher Schriftsteller und Verlagsbuchhändler. Befreundet mit Moses Mendelssohn und Lessing. Herausgeber verschiedener Zeitschriften, u.a. „briefe, die neueste Literatur betreffend", griff alle neueren Richtungen der Literatur scharf an. Hatte zahlreiche Gegner (Goethe, Schiller, Tieck, Brentano u.a.), die ihn verspotteten. Aufklärerische Tendenz in seinen erzählenden Schriften, u.a. „Das Leben und die Meinungen des Herrn Magister Sebaldus Nothanker" (1773-76), Parodie „Freuden des jungen Werthers (1775), kulturhistorisch interessante „Beschreibung einer Reise durch Deutschland und die Schweiz im Jahre 1781" (1783-1794), zitiert nach: Das große Duden-Lexikon 1969, Bd. 5, S. 749

37)
Schlüter, Andreas, Bildhauer und Architekt, geb. um 166o, wahrscheinlich in Danzig, gest. 1714 in St. Petersburg vor dem 23. 6. 1714 (Todesnachricht in Berlin), Lehre bei dem Bildhauer Sapovius in Danzig 1689/1693; in Warschau zur Zeit Johann Sobieskis Tätigkeit an verschiedenen Palästen. Schlüter trifft um Mitte des Jahres 1694 aus Polen in Berlin ein, sicher von Kurfürst Frieririch III. berufen; er erhält auf seine Bitte bald nach seiner Ankunft eine Bestallung als Bildhauer mit 1200 Tlr. jährlichen Gehalts (v. Klöden), die eine Brauchbarkeit als Architekt noch nicht erwähnt. Am 27. 1. 1695 ergeht eine Zahlungsanweisung über 200 Tlr. Reisegelder, die vielleicht mit einer kurzen Studienreise nach Frankreich zusammenhängt; am 24. 4. 1696

Ferdinand Meyer berichtet in seinem Buch „Berühmte Männer Berlins und ihre Wohnstätten": „Der Kurfürst legte am 25.Mai 1695 eigenhandig den Grundstein zu dem von Nering entworfenen Zeughaus, dessen hintere, an den damaligen Festungsgraben mit seiner Bastion sich anlehnenden Front eine runde Form erhalten sollte. Doch die nicht ganz kunstgerecht aufgeführte Wölbung jener Seite stürzte in dem selben Jahre nach Nerings Tode ein, und das Zeughaus erhielt nun durch Grünberg die heutige Gestalt seines Werkes." (38)

Zusammenfassend kann man feststellen, dass von Nering der erste Entwurf für das Zeughaus stammt. Im Mai 1695 wurde der Grundstein gelegt. Durch Grünberg wurde die Hinterfront rechteckig gestaltet 1698/99. 1698-1699 hatte Schlüter die Bauaufsicht als Oberbaudirektor inne. Von 1699 ab führte de Bodt den Zeughausbau zu Ende. Auf seinen Einfluß ist zurückzuführen, dass an Stelle der vorgesehenen Reliefs in einer zehn Fuß hohen Attika eine Balustrade den Abschluß des Baues bildete, die mit den Plastiken Schlüters geschmückt wurde. Auch den Mittelbau der Hauptfront veränderte de Bodt, und er soll sich dazu die entsprechende Fassade des Louvre von Clau de Perrault zum Vorbild genommen haben. (39) (40)

Forts. 37)
wird eine Verrechnungszahlung von 300 Tlr. für eine kurze Reise nach Italien geleistet.
Schlüter ist im September 1696 wieder in Berlin. Erste für Berlin erwähnte Arbeiten: Entwürfe zu den Statuen und Zierschildern der langen Brücke um 1696. An den Anfang der Tätigkeit Schlüters in Berlin sind an erhaltenen Arbeiten, die sicher 1696 entstanden, Schlußsteine der Tore und Fenster des Erdgeschosses des Zeughauses zu stellen. Im Hofe des Arsenals die Kriegermasken, am Außenbau die Fabelhelme, an der Nordfront die Medusenhäupter und der Harpyenschild. Die über 100 Stücke werden von Weihenmeyer und anderen Bildhauern in einem großen Werkstattbetrieb nach kleinen Modellen Schlüters unter seiner Aufsicht erstellt. 1698 beginnt er den Entwurf zur Reiterstatue des Großen Kurfürsten. Der Guß der Statue erfolgt erst im Oktober 1700. Seit 1698 ist er auch als Architekt tätig, am 30. 3. 1698 übernimmt er die Bauleitung des Zeughauses, das 1695 begonnen nach Nerings Tod unter Grünberg im Bau ist. Auch für den Schloßbau ist Schlüter 1698 bereits als Architekt tätig. Im November 1699 erhält er eine Bestellung als Schloßbaudirektor. 1699 heftige Auseinandersetzungen über die Bauleitung des Zughauses. Ein Teileinsturz im August im Zeughaus hat zur Folge, dass die Bauleitung an de Bodt übergeht.

Forts. 37)
1702/04 ist Schlüter Direktor der Berliner Akademie der Künste. 1702 erster Entwurf für den 100 m hohen Münzturm beim Schloß. 1702 angefangen, 1703 fertig die Kanzel der Marienkirche. 1704 wird das eigenartige Lustschloß zu Freienwalde entworfen, und ein zweiter, neuer Entwurf für den im Bau befindlichen Münzturm gemacht, dessen fehlerhafte Konstruktion ungeheure Verstärkungen sichern sollen. 1705 Prunksarkophag für die Königin Sophie Charlotte. Eine Begnadigung vom 2. 6. 1705 mit 8000 Tlr. in Anerkennung seiner treuen Dienste (v.Klöden) hilft ihm aus hohen Schulden. 1705 übernimmt er auch die Bauleitung an den Lustschlössern zu Potsdam, Bornim, Glienicke und Fahrland, wo nur kleine Arbeiten im Gange sind; im Mai wird eine größere Zahlung für den Bau des Freienwalder Lustschlosses geleistet.
1705 im Februar neuer Bericht über den beim Münzturm erlittenen Bauschaden - Mangius - 1706 führen konstruktive Mängel des fast fertigen Münzturmes zu dessen Abtragung.
Wende im Leben Schlüters. Einen neuen großen Turm für die Petri-Kirche zu machen, lehnt er ab. Der Auftrag geht an Eosander von Goethe weiter, der auch die Schloßbauleitung übernimmt. 28. 1. 1707. Im Juli 1707 wird das Freienwalder Lusthaus bei Anwesenheit des Königs durch rutschende Sandmassen gefährdet. August 1707 gibt er als Mitglied der Kommission die letzte Unterschrift in amtlichen Bauangelegenheiten. Aus einem Brief an den Grafen Dohna von Januar 1708 erfährt man, dass er lange krank war (Grommelt). Vor Mitte 1708 entsteht der Entwurf für den Sarg des ältesten Sohnes des Kronprinzen, im Juni wird ein umfangreicher, in der Kapelle des Schlosses auftretender Bauschaden seiner früheren Bauleitung zur Last gelegt.
Diesen dritten Schlag nach der Münzturmkatastrophe und dem Mißgeschick in Freienwalde scheint der durch die vorangegangenen Aufregungen und Enttäuschungen geschwächte Künstler lange nicht verwunden zu haben. Bezeichnend ist, daß die Sklaven des Kurfürstendenkmals 1706/09 ohne seine Mithilfe vollendet werden. 1708 verkauft er sein Haus in der Brüderstraße, das er bis 1712 (wohl mietweise) weiter bewohnt. Seit 1710 wird er nicht mehr als Mitglied der Akademie der Wissenschaften geführt. 1711/12 tritt er als Architekt der Villa Kamecke (Berlin, Dorotheenstadt) wieder hervor. 1712 gibt er seine Stadtwohnung auf und zieht sich in sein Gartenhaus zurück. Sein letztes Werk ist der Sarkophag für Friedrich I. im Frühjahr 1713. Im Mai wird er von dem Minister Generalfeldzeugmeister Jakob Bruce für Petersburg gewonnen. Das genaue Datum seines Todes 1714 und sein Grab sind nicht bekannt, ebensowenig gibt es ein authentisches Bild Schlüters. Auszug aus: Schlüter, Andreas, Thieme und Becker, Künstlerlexikon 1936, Bd. 30, S. 118-123.

38)
Meyer, Ferdinand: Berühmte Männer Berlins und ihre Wohnstätten, Berlin 1875, S. 128-131

39)
Bodt, Jean de Architekt, geboren 1670 in Paris, stand seit 1700 in preußischen Diensten, wurde 1714 Kommandant von Wesel, wo er namentlich im Festungsbau tätig war. Trat 1728 in kursächsische Dienste und starb 1745 als Generalfeldzeugmeister in Dresden. Er gab dem Berliner Zeughaus seine jetzige Gestalt, erweiterte das Schloß in Potsdam und leitete den Bau des Japanischen Palais in Dresden. Vergl. Steche, Pläne für das königliche Zeughaus und ein königliches Stallgebäude in Berlin;

aus dem Nachlaß des Generals de Bodt (Berlin 1891) zitiert nach Meyers Konversationslexikon 1904 Band 3 S. 134.

40)
Borrmann, Richard; Johann Arnold Nering in Deutsche Bauzeitung 28. Jahrg. vom 14. November 1894, S. 561

Der Erweiterungsbau des Rathauses in Berlin.

Nach der Beschreibung von Bauten für die Nering als geistiger Urheber erscheint, die aber zu seinen Lebzeiten nicht fertig geworden sind, soll die Darstellung von Bauten folgen, die Nering als Oberbaudirektor zu seinen Lebzeiten noch vollendet gesehen hat.

Das Rathaus in Berlin liegt in der Fortsetzung der Kurfürstenbrücke an der Königstraße Ecke Spandauer Straße (heute heißt die Kurfürstenbrücke Rathausbrücke und die Königstraße Rathausstraße). Der große Erweiterungsbau in der Spandauer Straße war eine Schöpfung Nerings. (Abb. 19) Die Bürger Berlins hatten für ihre Rathauserweiterung Nering gewählt, weil sie hofften, den König für ihren Bau günstig zu stimmen dadurch, daß sie den königlichen Baudirektor damit betrauten. Sie hatten richtig gerechnet, denn der König gab aus seiner Schatulle 40 % der Gesamtkosten hinzu, während sonst bei städtischen Bauten nur 25 %, als Zuschuß üblich waren. Als die Bauarbeiten stockten, stiftete der Kurfürst später nochmals 1000 Thaler zur Verschönerung seiner Residenzstadt. (41)

Vor dem Anbau erfolgte der Abschluß des Rathauses zur Spandauer Straße einfach durch einen hohen Giebel. Der neue Seitenflügel am Bau wurde in gleiche Höhe mit dem Giebel des alten Rathauses gesetzt. Das bedeutete, daß die Firstlinie des Neubaues um die Tiefe der Dachneigung zurücktrat und dadurch dem Anbau die Massigkeit nahm. Zur Königstraße hatte das Rathaus nur zwei Etagen mit hohem Giebeldach, der Anbau wurde dreistöckig mit Mansardengiebeldach ausgeführt. Später stand vor dem Giebel in der Spandauer Straße der Rathausturm zur Ecke Königstraße, und daneben schloß die Gerichtslaube den Giebel zur Spandauer Straße ab.

---

41 Borrmann, Richard, Johann Arnold Nering in: Deutsche Bauzeitung 28. Jahrg. vom 10. November 1894, S. 559

Auf die Rustika mit einer Reihe acht großer Rundbögen, die gegen den ersten Stock mit einem eckig vorspringenden Band abgegrenzt waren, folgten in einer Reihe acht, hohe, eckige Fenster mit dazwischen gesetzten Blendfenstern. Die Fenster lagen über den breiteren Rundbögen des Sockelgeschosses, und mit den Pfeilern korresspondierten im Obergeschoß die Blendfenster, die in der Höhe der Fensteröffnungen aufgereiht waren.

Die acht Fenster erscheinen betont einmal durch den Wechsel von Dreieck- und Rundgiebeln über den Fensteröffnungen und zweitens durch die Putzohren auf den Fensterumrahmungen.

Ein typisches Merkmal für Nerings Symmetriegefühl ist der Wechsel von zwei Spitzgiebeln mit einem Rundgiebel bei einer Reihung von acht Fenstern, so daß die Rundgiebel die Mitte des Seitenflügels betonen.

Die erste Etagenflucht erschien leichter und großzügiger über der Rustika. Die Fenster der zweiten Etage waren niedriger gehalten ohne Giebel aber mit Stuckrahmen geschmückt. Eine Gesimskante leitete zum zurückschwingenden Dach über. Drei Mansarden lagen im Dachgeschoß, auf dem First standen drei Schornsteine von gleicher Größe proportional gut verteilt. Dieses für die damalige Zeit sehr repräsentative Rathaus mußte später dem roten Ziegelbau des heutigen Rathauses weichen.

Der Marstall

In der Fortsetzung der Allee „Unter den Linden" auf derselben Seite wie das Zeughaus ließ der große Kurfürst durch Nering an der Ecke zur Dorotheenstraße den Marstall bauen. (Abb.20) (42) Pitzler, der den Bau auch skizzierte, schrieb dazu: „In der Dorotheenstadt ein neuer Stall auf 200 Pferde aber nicht gewölbt, war zwei Stockwerke hoch und soll eine academie dahin kommen, inwendig ist ein lediger Platz". (43) Es handelte sich um eine quadratische Hofanlage, die 1687 eingeschossig, mit zweigeschossigen Eckpavillons errichtet wurde. Kurz vor seinem Tode 1695 setzte Nering nach der Linden-Allee hin ein zweites Stockwerk auf, so daß nun ein durchgehendes Gesims und eine Firstlinie den ganzen Bau geschlossen umzogen. Pitzler schreibt zum Inneren des Baues: „Die Hofbauten durchzogen lange Gänge, an denen sich zu beiden Seiten die Pferdeboxen aufreihten." Die Academie zog in den ersten Stock über den Ställen ein. Der kreisrunde Aktsaal lag in einem Eckpavillon. Als später die Hofanlage durch den Architekten Grünberg verdoppelt wurde, zog auch die Akademie der Wissenschaften in den Marstall ein. Es wurde der Turm der alten Sternwarte in Frontmitte zur Dorotheenstraße aufgesetzt. 1743 brannte der alte Teil, der den „linden" zugewandt war, ab und wurde im Rokokostil erneuert. Gegen Ende des 19. Jahrhunderts erbaute man auf dem Marstallgelände die Universitätsbibliothek. Der Marstall entstand neu auf der Schloßinsel gegenüber der Längsseite des Schlosses an der Breiten Straße. (44)

42) P. H. Marperger in: Historie und Leben der berühmten europäischen Baumeister, Hamburg 1711.

43) Pitzler, Christoph Architekt aus Halle a.d. Saale gestorben um 1710. Seit 1702 Gräflich Barby'scher Architekt (mit Verpflichtung dreimal jährlich das Schloß Barby-Reg. Bez. Magdeburg zu besuchen), Entwurf des Reithauses in Weißenfels, Pitzlers handschriftliche „Reysebeschreibung durch Teutschland, Holland usw." in der Bibliothek der Technischen Hochschule Charlottenburg (Nr. 5868) in: Thieme und Becker, Künstlerlexikon Bd. 27, S. 122

44) Hirzel, Stephan a.a. O. S. 21

Das Schloß zu Charlottenburg

Ein typischer Neringbau im Sinne der ausgewogenen, proportionalen Verhältnisse zwischen den Flügelbauten und dem Mittelbau und im Sinne des sparsamen Gebrauches von Ornamenten und Figuren ist das Schloß Charlottenburg. Das ehemalige Schloß zu Lützenburg im ehemaligen Alt-Lietzow gelegen gehört heute zum Stadtteil Charlottenburg. Die Kurfürstin Sophie Charlotte, die Gemahlin des Kurfürsten Friedrich III. lebte hier im Sommer sehr gern, und daher wurde nach ihrem Tode das Schloß „Charlottenburg" genannt, ein Name, der sich später auf den ganzen Stadtteil ausdehnte.

Das Schloß Charlottenburg (Abb.21), in seiner Hauptfront der Stadt zugekehrt, setzt sich aus drei korresapondierenden Teilen zusammen, während die Gartenfront in der Mitte nur durch einen oval heraustretenden Vorbau mit fünf Fenstern gekennzeichnet wird. Nering faßt den Mitteltrakt des Schlosses als Einheit auf, die durch die Gliederung der Frontfassade in drei hohe Fenster geprägt wird. Durch einen Mittelresalit, der den Eingang betont, werden zwei Stockwerke und ein Halbgeschoss zusammengeschlossen.

In der Rustikazone liegen die drei großen Rundbogenportale, zu denen drei Treppenstufen hinaufführen. Über den drei Eingängen folgen im Hauptgeschoß drei überhöhte Rundbogenfenster, die mit ihren Bogenteilen in das darüberliegende Halbgeschoß hineinragen. Sie gehören zu einem Saale, der der Stadt zugekehrt ist, während sich entgegengesetzt zum Garten hin ein zweiter Saal auf derselben Etage öffnet, der zur Hälfte in den ovalen Vorbau über die Gartenfront hinausragt. In der Rustika des Ovales liegen die Türen zum anschließenden Park. (Abb.22). Diese Abbildung zeigt 1929 noch die gleiche Höhe des Querdaches zum Garten hin mit dem Hauptdach, verbunden durch ein umlaufendes Gitter. Der Altan auf dem ovalen Vorbau ist jetzt, wie er zur Zeit Eosander von Goethes bestand, wieder rekonstruiert.

Der Mittelresalit der Hauptfront ist mit vier Pilastern geschmückt, auf denen oberhalb der Rustika vier korinthische Dreiviertelsäulen die Saalfenster flankieren und bis an das Band unterhalb des Giebels reichen. Diese dreiteilige Mitte mit dem preußischen Wappen im Giebelfeld wird noch dadurch betont, daß die Front rechts und links daneben zurücktritt und anders aufgeteilt wird. Sie paßt sich mit je einem Fenster neben dem Mittelresalit den Seitenflügeln an. Auf einem Sockel in der Rustika liegen je ein rechteckiges Fenster, darüber folgt ein Fenster gleicher Größe mit Ohren und flachem Bogengiebel; im Halbgeschoß darüber in der Höhe der Bogen der Saalfenster korresspondieren je ein kleines, rundes Fenster, das die Höhe der Saalfenster noch größer erscheinen läßt.

Dreifenstrig, in gleicher Breite wie der Mittelresalit sind die Flügel ausgebildet. Sie sind bis vor die Fluchtlinie der Stufen des Mittelbaues gezogen. Das geringe Vorspringen der Seitenflügel gegenüber der Mitte des Baues erweckt die Illusion einer größeren Tiefe und Geschlossenheit der Schloßfront.

Diese ausgewogenen Verhältnisse der Bauelemente zueinander sind typisch für Nerings künstlerisches Schaffen.

Die Fenster der Seitenflügel liegen in gleicher Höhe wie die Fenster im Mitteltrakt. Im Hauptgeschoß haben sie Ohren und im Wechsel Dreiecks- und Bogensegmentgiebel. Nur die Mittelfenster der Flügel sind hervorgehoben durch zwei zueinandergewandte Figuren auf den Bogensegmenten der Fenstergiebel. Die Halbgeschoßfenster sind rechteckig und nur halb so hoch wie die des Hauptgeschosses. Sie sind nur durch ein umlaufendes Putzband geschmückt, das in den Ecken durch Ohren verstärkt wird.

Das Dach zeigt eine einheitliche Firstlinie um das gesamte Gebäude. Auf der Attika stehen in den Abständen der Pilaster Figuren, die das Dach verdecken. Nur die Hauptfigur ragt auf einem Postament des Mittelgiebels über den Dachfirst hinaus, die Mitte betonend. Die Schornsteine werden bei Nering in die Dekoration mit einbezogen. Zwischen den gleichhohen Schornsteinen läuft ein Ziergitter auf der Firstlinie des Daches entlang.

Diese Feinheit in der Verteilung der Schwerpunkte bei der Gestaltung des kurfürstlichen Sommersitzes gingen schon bei dem Umbau des Schlosses durch Eosander von

Goethe (1701-1707) verloren. (45) Die Schloßfront wurde bis auf die Fluchtlinie der Flügel vorgezogen, um eine Dachkonstruktion zu ermöglichen, die den barocken Turm tragen konnte. Der Bau Nerings erhielt die Funktion eines Mitteltraktes, an den beider-seitig im rechten Winkel lange Gebäude angesetzt wurden, um einen Ehrenhof zu gewinnen. (Abb.1)
Der Mitteltrakt erhielt elf Fenster. Durch diese Änderung verlieh Eosander von Goethe dem Königsschloß ein repräsentatives Aussehen, der ehemalige Charakter des Lustschlosses ging dabei verloren und damit auch die Leichtfertigkeit und Harmonie im Verhältnis der Baumassen und der Bauformen zueinander, wie sie für Nerings Baukunst bezeichnend waren.

45) Eosander, Johann Friedrich genannt Freiherr von Goethe geboren um 1670 in Dänemark oder in Livland, vielleicht in Riga, gestorben 1729 in Dresden als sächsischer Generalleutnant. 1692 trat er in kurfürstlich brandenburgische Dienste. Die nächsten Jahre unternahm er auf Kosten des Kurfürsten Reisen nach Italien und Frankreich. 1699 kehrte er heim und wurde als Hauptmann und Hofarchitekt mit 600 Thlr. und freiem Tisch und Wohnung bei Hofe angestellt. Laut Gurlitt soll Eosander auch zwei Flügel an dem von Nering 1690 erweiterten Schloßbau von Oranienburg ausgeführt haben. 1704 begann er den Ausbau des Charlottenburger Schlosses als Nachfolger Nerings und Schlüters. Auf Eosanders Anteil kommen die elegante Kuppel über dem Mittelbau, die Erweiterung des Hauptflügels nach beiden Seiten um je fünf Fenster (übrigens in strenger Anlehnung an die Fassadenentwicklung des Hauptbaues) und endlich die beiden im rechten Winkel vorspringenden Seitenflügel. Ferner baute er die im Inneren üppig ausgestattete Schloßkapelle und die Porzellankammer (1706-1708) und führte 1709-1712 die durch sehr schöne Verhältnisse ausgezeichnete Orangerie auf. Die Leitung des Berliner Schloßbaues übernahm Eosander am 28. 1. 1707, nachdem Schlüter im Zusammenhang mit der Münzturmkatastrophe aus kurfürstlichen Diensten entlassen wurde. 1709 war er zum ersten Baudirek-tor mit einem Gehalt von 1200 Rthlr. ernannt worden. Nach Friedrich I. Tode nahm Eosander im April 1713 seine Entlassung aus preußischen Diensten. Jm Herbst 1703 begab er sich in den Dienst Karls XII. von Schweden. 1722 ging er in sächsische Dienste über. Sein Bildnis malte Pesne A. (gestochen von J. G. Wolgang) in: Thieme und Becker, Künstlerlexikon, Bd. 10, S. 573 f.

über die Aufteilung und Inneneinrichtung des Schlosses berichtet Margarete Kühn in ihrem Buch „Schloß Charlottenburg" (46): „Die Räume des Neringschen Baues, die am 22. November 1943, dem Schicksalstag des Schlosses, ein Opfer der Flammen wurden, waren nicht groß, und ihre ungelenke quadratische Form, die Akanthusdekoration der flachen Decken könnte man fast altertümlich nennen. Aber ihr schmuckvolles Gewand verriet, daß hier ein empfänglicher Sinn für den festlichen Glanz der Dinge und für die farbige Harmonie des Raumes die Regie führte.
Von den Decken, deren reicher Bildschmuck meist die zarte Geschichte von Amor und Psyche erzählte, strahlte es warm und festlich in den Raum. Die Wände der Wohnräume hatte man nach Ausweis eines Inventars vom Jahre 1705 meist bahnenweise mit Stofftapeten der verschiedensten Arten ausgeschlagen. Da wechselte grüner Moirée und karmesinroter, mit goldenen Blumen bestickter Sammet oder blaue und „auroren" Brokatelle .Eine „indianische" Seidentapete, auf der „gelackte, indianische Portraits" hingen, schmückte das Audienzzimmer. Ein holzgetäfeltes Vorzimmer wurde felderweise mit weißem Laubwerk auf goldenem Grund bemalt, ein anderes mit Bildnissen der Familie und anderer Fürstlichkeiten ausgestattet. Eine bunte Fülle chinesischer Porzellane, welche die Kaminzone zu einem Hauptschmuckstück des Raumes machte, große venezianische Spiegel, geschnitzte vergoldete oder silberbeschlagene Möbel aus Ebenholz und solche in bunter chinesischer Lackmalerei zierten die Räume dieser ländlichen Residenz. Außer den beiden Sälen und einigen Kabinetten umfaßte das Schloß oben und unten je vier Räume."
Mit dem Wiederaufbau des Schlosses nach dem zweiten Weltkriege ist auch ein kleiner Teil der Neringschen Konzeption erhalten geblieben. Der an der Gartenfront oval vorspringende Mittelbau und die mit ihm in der ersten Etage liegenden Säle bilden die Mitte des Neringschen Lustschlößchens und repräsentieren heute wie damals das Zentrum der dem Garten zugekehrten Front.

46) Kühn, Grete „Schloß Charlottenburg": Große Baudenkmäler, 86, Berlin, 1961, S. 3.

Es spricht für die Treue zum Original und für die Sorgfalt, mit der bei dem Wiederaufbau verfahren wurde, wenn die alten Pläne so verwirklicht wurden. Um die Vielfalt der Projekte aufzuzeigen, mit denen sich Nering zu beschäftigen hatte, erscheint es angebracht, den Erlaß des Kurfürsten nach Nerings Tode hier anzuführen: (47) „P.S. Euch, wohlwürdige, hochgeborene, wohlgeborene, beste Räte besonders liebe und Getreue, haben wir aus Eurm soeben eingetroffenen Postscripto vom 22. Oktober, den unvermuteten Todesfall unseres Oberbaudirektors Nehringen und was Ihr sowohl wegen Versiegelung seiner Sachen, als auch seiner Beerdigung halber für Anstalt gemacht ersehen. Wir lassen uns solches in Gnaden gefallen und beklagen im übrigen den frühzeitigen Verlust dieses in seiner Profession sehr geschickten Dieners nicht wenig, befehlen Euch auch, den Ingenieur Grünberg vor Euch zu fordern und ihm anzudeuten, daß er die Aufsicht über unsere dortigen Gebäude zu Berlin, Oranienburg, Potsdam und Lietzenburg, woran itzo gearbeitet wird, über sich nehmen und damit solange es das Wetter zuläßt, auf dem Fuß wie der Abgelebte tun solle fleißig kontinuieren lassen solle, damit also nichts dabei verabsäumt werde."

Ut in rescripto, Cleve, den 26. Oktober 1695
                      5. November

                      Danckelmann
Unsere Herren Geheimen Räte

47) Zentrales Staatsarchiv der Deutschen Demokratischen Republik Merseburg: Königliches Haus-Archiv. Hofbau-Personal Rp XIV A ur. 26 (Acta betr. den Kurfürstlich Brandenburgischen Ober-Bau-Direktor Johann Arnold Nehring)

Das Schloß in Schwedt

Bis Schwedt an der Oder dehnte sich das Arbeitsgebiet Nerings aus. Das geht aus einer genauen Baubeschreibung des Schlosses Schwedt hervor. (48) Die Kurfürstin Sophie Charlotte kaufte das Renaissanceschloß und Cornelis Ryckwart (1670-1688) verpflichtete sich durch einen Vertragsabschluß vom 8. Oktober 1670 für 4000 Thaler, den Bau in ein Barockschloß umzuwandeln. Ryckwart hat bei der Ausführung Verzögerungen verschiedener Art hinnehmen müssen, wie sie von Ludwig Böer dargestellt werden. Ihm folgte in der Bauleitung Michael Mattysch Smids (49), dem Grumbkow als Leiter des Amtes Wildenbruch die Gelder auszuzahlen hatte. Grumbkow arbeitete nicht zur Zufriedenheit der Kurfürstin, und so wurde Johann A. Nering beauftragt als Oberaufseher aller Bauten nach dem Rechten zu sehen.

Böer schreibt: „1687 erscheint Nering in Schwedt als Oberaufseher aller Bauten. Der Auftrag der Kurfürstin an Nering muß bereits 1685 erfolgt sein, denn Grumbkow notiert am 5. 12. dieses Jahres in die Abrechnung des Amtes Wildenbruch: „Waß auch die nöthige Reparierung des hiesigen (Wildenbrucher) Schlosses anbetrifft, so Können die Kosten ohne Monsß Nörings gegenwart voritzo nicht specificiret wer-den." Und am folgenden Tage setzt er eine ganz ähnliche Bemerkung in die Abrech-nung des Schwedter Amtes: „Was nun aber zu den Schloßbau erfordert wird, soll bey Mons: nörings Überkunft überlegt, verdungen und alßdann die Specification unterthänigst eingesandt werden."

Von Nerings Mitarbeit ist nur in sehr unbestimmten Ausdrücken die Rede. Grumbkow, der sich erneut wegen unerlaubter Bauausgaben gegen die Kurfürstin zu verteidigen hat, schreibt am 22. September 1688 an seine Herrin: „So werden auch Ihro Churfürstliche Durchlaucht (aus den Beilagen) zu ersehen geruhen, was diesselbe by dehro Schloß Schwedt zu bauwen gnädigst befohlen, welcher Bauw denn auch durch den im vorigen Jahre nach Schwedt und Wildenbruch geschickten dehro Cammer-Diener und Ober-Ingenieur Nöringk angewiesen und zum theil bedungen,

Selbiger Bauw auch in diesem Jahre follends zu Stande gebracht wird, daß ich also mich zu bauwen nicht angeordnet ....."

48) Böer, Ludwig: Das ehemalige Schloß Schwedt/Oder und seine Umgebung, Heimatbuch des Kreises Angermünde 1979 Band 4 S. 24-45

Das Schloß Niederschönhausen

Der Vollständigkeit halber wäre noch der Bau des Schlosses Niederschönhausen bei Pankow anzuführen. Hirzel schreibt, dass Nering die Orangerie des Schlosses erbaut hat. Der Baedeker von Berlin 1966 berichtet, dass Kurfürst Friedrich III. 1691 einen alten Rittersitz kaufte, der schon 1350 mit dem Dorfe Schönhausen erwähnt wird. Er wurde 1691 durch Nering und 1704 durch Eosander von Goethe umgebaut. Man schaffte einen Zugang von der Schönhauser Allee aus und eine Wasserverbindung zur Spree, den „Schönhauser Graben", dessen Ausführung mißglückte. 1740 schenkte Friedrich der Große das Schloß seiner Gemahlin Elisabeth Christine (gest. 1797) als Wohnsitz. Friedrich Wilhelm III. ließ den Park durch Peter Joseph Lenné erneuern. Nach dem Tode des Königs lebte hier seine zweite Gemahlin, die Fürstin von Liegnitz. Heute dient das Schloß der Regierung der Deutschen Demokratischen Republik als Gästehaus. Ein alter Stich von J. D. Schleuen zeigt die ehemalige Gartenfront (Abb. 23). Erwähnt sei auch Groß Holstein (Stadt Königsberg). Das am rechten Ufer der Pregelmündung gelegene Dorf Kasebalg mit dem Langerfeldkrug kaufte Kurfürst Friedrich III. von der Witwe des kneiphöfschen Bürgermeisters Johann Schimmelpfennig und baute dort 1697 ein „Friedrichshof" genanntes Jagdschloß gleichzeitig mit den Jagdschlössern Friedrichsberg und Friedrichswalde bei Juditten und Metgethen, die bis 1945 als Güter bestanden.

Den Bauplan für Friedrichshof fertigte Johann Arnold Nering nach dem Vorbild des Schlosses Niederschönhausen bei Berlin.
Friedrich Wilhelm I. schenkte das Schloß 1719 dem Prinzen Wilhelm v. Holstein-Beck, der es in Form eines H ausbaute. Nach ihm wurde es Holstein henannt. Seit 1787 hatte es wechselnde Besitzer. 1927/28 wurden Groß-Holstein und Friedrichswalde in Königsberg eingemeindet. (50)

49) Smids, s. S. 4 (10)

50) Weise, Erich: Handbuch der Historischen Stätten, Ost- und Westpreußen, Kröner Verlag Stuttgart S. 73

Die Planung und B a u t e n der F r i e d r i c h s t a d t.

Neben der Bautätigkeit für den König und die Stadt Berlin entwarf Nering viele Wohnhäuser, die im zweiten Weltkrieg zerstört oder nach dem Kriege abgerissen wurden, zum Beispiel das Berliner Schloß. Gegenüber der mittelalterlichen Bauweise mit der Anpassung an gekrümmte Gassen und Wallstraßen wurde nach dem Dreißigjährigen Krieg eine Planung mit geraden Straßen und Hauszeilen in einem klassizistischen Stil durchgeführt. Der Anfang dieser Bauweise ist in der Dorotheenstadt nachweisbar. Während noch auf dem Friedrichswerder die Häuser sich dem Laufe der Festungsmauer anpaßten, wurde von Friedrich III., später König Friedrich I., die nach ihm benannte Friedrichstadt von Nering mit rechtwinkligen Straßen geplant und ausgeführt. Die Bürger konnten hier billige Parzellen erstehen mit der Auflage, sich an die königliche Planung zu halten; andernfalls wurde ihnen die Bauerlaubnis entzogen. (51)

51)
Der Grundriß eines eingebauten Hauses zeigte in der Mitte zur Straße den Ein-gang mit Vorraum und Treppe, achsial nach dem Garten hin schloß sich, je nachdem es die Verhältnisse gestatteten, der saalartige Hauptraum an. Der restliche nach rechts und links verbleibende Platz war in Kammern und Zimmer aufgeteilt, die nicht alle miteinander in Verbindung standen. Aber wo es möglich war, durfte die Anordnung der Türen zur „Enfilade" (Zimmerflucht) nicht fehlen. Kamin, Ofen und Fensternieschen gaben in ihrer Stellung zueinander dem Raum symmetrische Gliederung. Die Deckenbildung war in Putz gehalten und ließ in der Mitte ein Feld für Malerei frei. An den Deckenkehlen zogen sich Akanthusornamente entlang. (52) Der Farbeindruck wurde durch weiß, gold und dem bunten Mittelteil der Decke bestimmt. Auf dem Untergeschoß als Sockel ruhte das Obergeschoß, zu dem eine Treppe oder Rampe hinaufführte. Das dritte Geschoß wurde wesentlich niedriger gehalten. Ein vorgeschobener Risalit betonte zuweilen die Achse und den Zugang zum Hause. Hirzel: Johann Arnold Nering a.a. O. S. 15.
Figuren dienten zur Bekrönung der Attika, die Fenster hatten Segment- und Giebelverdachung abwechselnd. Das Mittelgeschoß stand in seiner Höhe in einem guten Verhältnis zur Attika. Die Regelmäßigkeit der Straßenfront bewirkte im Anblick Großzügigkeit.

52)
Akanthus am Mittelmeer sehr verbreitete Distelart (Bärenklau) deren meist große, buchtig ausgerandete Blätter in mehr oder weniger stilisierter Form ein belieb-tes Dekorationselement der griechischen und römischen Baukunst sind, typisch besonders für das korinthische Kapitell und seine Abwandlungen im Mittelalter und Neuzeit.
Nach: Koepf: Bildwörterbuch der Architektur.

Für die Bebauung der Friedrichstadt wurden Nering, der 1691 zum Oberbaudirektor, der höchsten Stellung eines Architekten in Preußen, avanciert war, zwei Mitarbeiter beigegeben. Für diese Hilfskräfte erhöhte sich sein Gehalt um 200 Thaler jährlich.
(53) Die Urkunde zur Ernennung zum Oberbaudirektor lautet folgendermaßen:
3. April 1691, Johann Arnold Nehring wird Ober Director aller Sandstein-Gebäude.

Wir Friedrich der III. von Gottes gnaden Marggraf und Kurfürst zu Brandenburg tun kund und sagen hiermit zu wissen demnach Unser Oberingenieur Johann Arnold Nehring so wie von Unserem Gold.... christmilden Andenkens als Uns selbst bei den von deroselben und Uns in Unseren Landen hin und wider geführten Gebäuden nun verschiedene Jahre sehr nützlich gebraucht worden, und dabei eine sonderbare Labilität und Wissenschaft in der Zivil- und Militär-architektur durch die davon verschiedentlich gegebene und in Gnaden Unserem Lande vor Jedermanns Auge öffentlich aufgeführte Proben an sich spüren lassen, auch dasjenige was ihn deshalb commitiert und aufgetragen worden, mit allem Fleiß und Sorgfalt ins Werk gerichtet, daß Wir.... bewogen wurden, denselben zum Oberdirektor aller Unserer Gebäude hiermit und kraft dieses also dergestalt, daß er Uns in Unserem Kurfürstlichen Hause wie bisher also auch ferner treu, hold und gegenwärtig sein, Unser Nutzen und bestes befördern, Schaden und Nachteil aber, so viel an ihm ist verhüte und abwende, in specie aber anfalls wird jedes Unserer Gebäude, es sei in Unserer Residenz oder sonst an anderem Ort, und daß dieselben in gutem Stande und Wesen erhalten werden, Behörige Absicht habe, wenn Wir einige neue Gebäude anrichten oder an den vorigen etwas ändern lassen wollen, die Abrisse und Zeichnungen davon verfertigen Unsere deshalb führende gnädigste Intention und Willensmeinung durch unsern p. Eberhard von Danckelmann sich bei uns erholen, auch was er dabei zu erinnern habe wird durch denselben an Uns bringen, bei Ausführung solcher Gebäude und daß dieselben den gewahrten Desseins und Abrissen gemäß zierlich und dauerhaft angerichtet, auch die darin.... Kosten und Materialien voll zu Rate gehalten und menagiert werden hauptmäßige Sorge tragen dasjenige so Wir bei ferneren Ausbauung Unserer hiesigen Residenzstädte und den darin anlegenden cedifociis publicis bisher verordnet haben oder ferner verordnen werden fleißig beobachten und sich hierunter wie auch sogleich überall dergestealt verhalten und betragen soll wie es einem geschickten professogenem Ober-direkteur Unserer Gebäude obliegt und gebühret, Wir Uns auch dessen zu ihm gänzlich versichert halten, und gleichwie Beamte Nehring seine bisher als Oberingenieur gehabte Bedienung samt dem dazu gehörenden Gehalt auch übrigen Emolumenten und Praerogativen ein Weg wie den andern behält, also wollen Wir auch hiergleich darauf bedacht sein, die wegen Dirigierung Unserer Gebäude bisher von ihm genommenen auch ferner nach dem Inhalt dieser seiner Bestallung vorhandenen Mühe absonderlich an ihn zu üben. Urkundlich Cölln, d. 9. April 1691

        Friedrich (54)

Vermöge seiner Kurfürstlichen Durchlaucht publizierten Patents hat der Herr Nehring wegen der erhaltenen Prädikats von Kurfürstlich Brandenburgischen Oberbaudirektor ohne Gehalt die verordnete Jura mit zwanzig Reichstalern entrichtet.
Gegeben Cölln an der Spree, den 2./12. Mai Anno 1691

        gez. Unterschrift (55)

53) Joseph, David: Neues zur Nering Forschung, in: Centralblatt der Hausverwaltung, 15. Jahrg. 1895 S. 471

54) Zentrales Staatsarchiv der Deutschen Demokratischen Republik. Merseburg, Königliches Haus-Archiv, Hofbau-Personal, Rep. XIV A Nr. 26

55) Jura Chargengebühr, Chargengeld, Chargensteuer in Brandenburg seit 1686 von jedem neuernannten Beamten in Höhe eines Viertels des Jahresgehaltes erhoben zur Speisung einer Marinekasse (zur Erhaltung der Marine dienend) daher auch Marinegeld, Marine-Jura genannt): nach dem Verfall der Marine diente die nunmehr Chargenkasse genannte Kasse zu Heereszwecken; 1721 ging sie in der neugegründeten Rekrutenkasse auf, die hauptsächlich zur Anwerbung „langer Kerle" diente; gleichzeitig wurden die festen Sätze der Chargengebühr in von Fall zu Fall festzusetzende verwandelt, wodurch eine Art Ämterkauf enstand.

Unter Friedrich dem Großen wurden wieder die alten Sätze eingeführt; die Rekrutenkasse diente nunmehr besonders vom König bestimmten Zwecken, ihre Überschüsse flossen in andere Kassen. Vgl. Arrha (1) und Schatulle in: Eugen Haberkern und Joseph Friedrich Wal- lach: Hilfswörterbuch für Historiker, Bern-München 1964.

Die Besoldung

Zur Besoldung von Johann Arnold Nering selbst sind uns folgende Daten und Bezüge übermittelt. Mit 22 Jahren nach einer dreijährigen Ausbildung wurde er 1681 selbständiger Oberingenieur mit 400 Thalern jährlichem Gehalt. 1685 wurde er Baudirektor und 1691 erhielt er die Gesamtleitungen der Brandenburgischen Bauten als Ober-Baudirektor. Für diesen Titel mußte er 20 Taler Chargengebühr an die kurfürstliche Kasse bezahlen. Eine Gehaltserhöhung war nicht mit dem höchsten Posten verbunden. Die besagten 400 Taler jährlich erhielt er nur als Beamter im Hofdienst.

Dazu kam als Ingenieur, später als Oberingenieur im Staatsdienst ein besonderer Sold aus der Generalkriegskasse. Seit 1678 erhielt er 360 Taler, von 1682 ab jährlich 500 Taler, seit März 1684 600 Taler und seit Januar 1687 744 Taler. Ab 1688 bezog er 984 Taler und 1691 werden ihm 200 Taler zusätzlich für zwei Hilfskräfte bewilligt. Man hat früher geglaubt, daß Nering für seine vielfältigen Dienste nicht entsprechend entlohnt worden sei. Wieviel das Gehalt 1384 Talern jährlich an Wert darstellte, ist heute schwer zu beurteilen. (56) Als Nering am 21. Oktober 1695 plötzlich am Stickfluß zwischen zwei Dienstreisen starb, hatte er Schulden. Über seinen Tod liegen folgende Schreiben vor:

Berlin, den 21. Oktober 1695, Bericht des Hausvogts Lornicier von dem Tode des Oberbaudirektors Nehrings und Versiegelung seiner Abrisse und Briefschaft.

Durchläuchtigster, Großmächtigster Kurfürst, Gnädiger Herr.
Als diesen Morgen der Oberhofbaudirektor Nehring unvermutlichen Todes verblichen, sein auf der Kurfürstlichen Stadthalter Geheimen Räte Befehl, alle in das defuncti logi-ment in der Frau Wiwe Ottos Hause vorhandenen Kurfürstlichen Briefschaften und Abrisse, nach des defuncti Bruders Anweisung, in Beisein eines von selbiger Profession namens Bergmann in..... Kasten zusamengelagert, und mit dem Hausvogtei-

sigel versiegelt, ohne zwei Abrisse von dem kurfürstlichen Arsenal, welche der p. Christ...., bei meiner Ankunft durch den Zeugschreiber abholen lassen. Und weil die Wirtin nrbst des defuncti Bruder angezeigt, daß die meisten Kurfürstlichen Briefe, Abrisse und Zeichnungen auf dem Schlosse in einem besonderen Zimmer verwahrt werden, ist auf Bewilligung des Schloßhauptmanns, selbiges Gemach auch versiegelt worden. Sonstig habe von des verstorbenen Krankheit ein Näheres nicht erfahren können, als daß er am Sonntag gestern 8 Tage von Fürstenwalde gesund zu Hause angekommen, und weil er von Ew. Kurfürstlichen Durchlaucht nahe Cölln zu kommen befehligt wurde, habe er verneint, zu solcher Reise sich präparieren (?) und etliche Tage um Arznei zu gebrau-chen, sich eine zu halte, habe auch von des zu Cüstrin vor dieses sich aufgehaltenen Arztes, Kaufmanns, Medizin, am Mittwoch und Donnerstag, in einer sehr warmen Stube gebraucht, wonach er sich des Freitags übel befunden und habe zusehends die Schwachheit so zugenommen, daß der Tod darauf erfolget, welches Ew. Kurfürstli-chen Durchlaucht zu der gnädigsten Verordnung untertänigst also referieren solle, als Ew. Kurfürstlichen Durchlaucht

Cölln, d. 21. Oct. 1695

Untertänig treuer
gehorsamster

Honicer (57)

56) Joseph, David : Neues zur Nering Forschung in: Centralblatt der Bauverwaltung XV. Jahrg. 1895 S. 471

57) Zentrales Staatsarchiv der Deutschen Demokratischen Republik, Merseburg, Königliches Hausarchiv Hof-Baupersonal Rep. XIV A Nr. 26

21. Oct. 1695, Köpken soll vor Nehrings Begräbnis Sorge tragen Ew. Kurfürst Durchl. zu Brandenburg ..... Befehle dero Pagenhofmeister, Köpken, hiermit in Gnaden, weilen Dero Oberbaudirektor, Nehring, allhier verstorben, Sorge zu tragen, damit desselben Körper in der Dorotheenstadt ehrlich beerdigt werden möge, zu welchem Ende er einen bequemne Platz in gedachter Kirche aus zu sehn, und zu den desfalls erforderten Unkosten dessen monatliche Besoldung (auf den August, September, und Oktober) von Dero .... Empfänger Krauter gegen Ouittung zu empfangen, auch darüber gebührende Rechnung zu führen hat

Sig. Cölln, d. 21. Oct. 1695
Refuges (?)

Post Scriptum

Ferner, Durchlauchtigster, Großmächtiger Kurfürst, Allergnädigster Herr, müssen Euer Kurfürstlichen Durchlaucht wir hierdurch mit Leidwesen berichten wessgestalt dero gewesener Oberbaudirektor Nehring gestern frühe mit Tode angegangen.
Wir haben darauf nicht allein sofort die Vorsehung getan, daß die bei ihm vorhandenen Briefschaften und Abrisse sowohl in seinem Logement als auch in der Kammer, so er auf dem Schlosse hatte, durch den Hausvogt versiegelt worden, allermaßen Euer Kurfürstlichen Durchlaucht solchergestalt solches geschehen, aus beigehender von ihm untertänigst abgestatteten Relation, mit welchem Einvernehmen gnädigst geruhen werden, sondern auch dem Pagenhofmeister Köpken, die Vorsorge des Begräbnisses, welche er auch willig übernommen, aufgetragen und ihm mitgegeben einen Brief dazu in der Kirche in der Dorotheenstadt, weil inder Domkirche kein Platz vorhanden ist, anzusehen auch zu den Begrähniskosten dabei den defuncto zukommende Monats-Traktamente von Eurer Kurfürstlichen Durchlaucht Generalempfänger Kräuter oder dessen Kassierer gegen Quittung und zur Berechnung zu empfangen, und wollen wir nebst Euer Kurfürstlichen Durchlaucht Schloßhauptmann Freiherrn von Kolbe ferner dahin sehen, daß er ehrlich und seiner Kondition gemäß .... gebracht werden solle.

Wie nun Euer Kurfürstliche Durchlaucht den Verlust dieses dero treu und nützlich gewesenen untertänigen Dieners nicht gern Vernehmen werden, also leben wir der untertänigsten Zuversicht, Sie werden itzerwähnte unserer zu dessen Beerdingung gemachte Veranstaltung in Gnaden approbieren.

Ut in Literis Cölln an der Spree den 22. october 1695

P.S.
Euch, Durchlauchtigster Kurfürst, haben wir sofort nach Empfang Eurer Kurfürstlichen Postscripti vom 26. October / 4. November des Ingenieurs Grünberg in den Geheimen Räten vorfordern lassen, und ihm dessen Inhalt wegen der Aufsicht über die angefangenen Gebäude eröffnet auch, um solchen desto genauer nachzuleben, Abschrift Daher erteilet, welcher er dann gehorsamst nachzuleben angelobt.

Ut in relatione den 1. Nov. 1695

(Unterschrift)

Seine Kurfürstliche Durchlaucht zu Brandenburg ..... befehlen dem Notario Jänicken hiermit gnädigst, des verstorbenen Oberbaudirektors Nehrings Verlassenschaft auf dessen Bruders, des Zeugschreibers Laurentii Nehrings. Begehren mit Zuziehung des Bauschreibers Jänicken und Grottierers Damnitzens, als Zeugen zu investieren ein ordentliches Inventarium darüber Aufzurichten und dero drei Exemplare für die hinterlassenen Erben jeder in forma debita zu verfertigen.

Sig. Cölln, den 20. Nov. 1695

Unterschrift

Auf dem Friedrichswerder wohnten zur Zeit des Todes von Johann Arnold Nering sein jüngerer Bruder Laurens und seine Schwestern Maria und Anna. Sie wurden seine Erben. Da keine Ehefrau erwähnt wird, muß man annehmen, daß Nering unverheiratet war. Sein Bruder Laurens schrieb damals einen Bittbrief an den Kurfürsten, der für den Oberbaudirektor eine Ruhestatt in der Dorotheenstädtischen Kirche angeordnet hatte.

Auf den Bittbrief folgte diese Antwort:
Cölln, den 12. Febr. 1696 Des Oberbaudirektors Nehring Besoldung à 400 Reichstaler soll noch auf ein Jahr kontinuieren.
Demnach Seine Kurfürstliche Durchlaucht zu Brandenburg Unsere aus sonderbaren Spezialgnaden und in Kontinuation der untertänigsten Dienste, welche deroselber der gewesene Oberbaudirektor Nehring zu dero gnädigsten Gefallen geleistet, gewilligt, daß dessen Besoldung à 400 Taler jährlich zur Tilgung seiner Schulden seinem nachgelassenen Bruder und Geschwistern auf ein Jahr kontinuieret und gereichet werden solle, als befehlen sie dero, p. Happe, hiermit in Gnaden sich hiernach gehorsamst zu achten und erwähnten Geschwistern, dem Nehring gedachte Besoldung à 400 Taler auf ein Jahr auszuzahlen.

Sigl. Cölln, d. 12. Eebruar 1696

Unterschrift

Pro Memoria

Eure Exzellenz werden sich höchstgeneigt zu erinnern wissen, wie das jüngsthin demütigst gebeten, daß die wegen meines Bruders selig, des weiland kurfürstlichen Oberbaudirektors Nehringen noch auf ein Jahr gnädigst gewilligten Traktaments von uns geforderte Marinen uns möchte erlassen werden, bitte derohalben gehorsamst, Eure Exzellenz wollen höchstgeneigt verordnen, daß obgedachte Marinen nicht gefordert werden mögen, getröste mich gnädiger Erhörung pp.

L. Nehring

d. 17. März 1696

Durchlauchtigster, Großmächtigster Kurfürst!

Daß Eure Kurfürstliche Durchlaucht mich nebst meinen beiden Schwestern die hohe Gnade erwiesen und uns noch auf ein Jahr unseres seligen Bruders des weiland kurfürstlichen Oberbaudirektors Nehrings jährlich genossenen Traktament zu Tilgung dessen Schulden gnädigst geschenkt dafür sagen wir untertänigsten Dank, weil aber davon die Marinen gefordert worden, als bitte ich namens meiner Schwester untertänigst Eure Kurfürstliche Durchlaucht wollen gnädigst geruhen, uns obengenannte Marinen zu schenken. Getröste mich gnädigste Erhörung.

Friedrichswerder	Euer Kurfürstlichen Durchlaucht
d. 17. März 1696	untertänigster
	Knecht
	L. Nehring

Cölln, d. 16. März 1696, Der marine jura 55) sollen von dem Gnadentraktamente für Nehring nicht gefordert werden.

Demnach Seiner Kurfürstlichen Durchlaucht zu Brandenburg haben gnädigst verordnet, daß dero verstorbenen Oberbaudirektor Nehring nachgelassenen Geschwister dessen Traktament zur Bezahlung der Begräbniskosten und Schulden auf ... kontinuiert werden solle, und aber von gleichen Gnadenbezeigungen keine marine jura entrichtet werden als befehlen Sie dero p. Vögten hiermit in Gnaden, sich hiernach gehorsamst zu achten.

Sigl. Cölln, d. 16. März 1696

            Unterschrift

Es ist Georg Fritsch zu verdanken, daß er auf Grund seiner zahlreichen Forschungen 1929 in seiner Dissertationsarbeit die Herkunft von Johann Arnold Nering nachweisen konnte. Die angeführten Akten aus des Todesjahr Nerings erwähnen seine Geschwister als Erben. Auf Grund des Titels „Zeugschreiber" entdeckte Fritsch im Geheimen Staatsarchiv zu Berlin-Dahlem in den Akten des Preußischen Kriegsministerium in den Oertelschen Personallisten den Namen von Arnolds Bruder, Laurentius Nering. In diesen Akten ist der Name Johann Arnold Nering nicht zu finden, weil er als Hofbeamter stattdessen in den Akten des Hof-Bau-Personals geführt wurde. Über Laurentius Nering schreibt Georg Fritsch: „Laurentius Nering, etwa 1690 bei der Truppe eingetreten, geht später zur Artillerie über, wird am 18. Januar 1708 Kapitän der Artillerie und hat es in der Laufbahn, deren einzelne Daten verzeichnet sind, bis zur Stellung eines Obersten gebracht. Und hier stoßen wir auf die wichtige Angabe: Laurentius Nering ist 1670 in Wesel geboren und am 16. Februar 1742 ebendort verstorben." Auf Grund dieser Angaben forschte Fritsch im Taufregister der Willibrordi-Kirche in Wesel (evangel. Gemeinde) und fand dort die Familiendaten. (58) Bild seiner Mutter (Abb. 24 a)

Aus den Hof-Bau-Personalakten kann man nicht schließen, daß Johann Arnold Nering ein Staatsbegräbnis bekommen hat. Jedoch geht daraus hervor, daß er mit allen Ehren in der Dorotheenstädtischen Kirche beigesetzt wurde. Zuerst wurde für seine Begräbniskosten sein Traktament für die Monate August, September und Oktober herangezogen. Daß Friedrich III. seinen Oberbaudirektor hoch geschätzt hat, ersieht man aber aus den letzten Akten 1696, als er noch über den Tod hinaus für ihn ein Jahr lang die 400 Taler Sold als Hofbeamten auszahlen ließ, und auch die Chargensteuer (marine jura) den Erben erlassen wurde.

58) Fritsch, Georg : Die Burgkirche in Königsberg i. Pr. und ihre Beziehungen zu Holland. Dissertation der Technischen Hochschule Berlin vorgelegt am 25. Sept.. 1929 in: Prussia Band 31, S. 183-186

Das Porträt

Immer wieder taucht unter den Nachfahren Johann Arnold Nerings der Wunsch auf, das Porträt eines preußischen Obersten als das des Baudirektor Johann Arnold Nering anzusehen. Diese Kopie eines Ölbildes, das bei den Nachfahren einer Schwester Nerings für ein Bild des Architekten gehalten wurde, stiftete 1886 Gustav Philipp Lorenz Nering-Bögel dem Zeughaus in Berlin. (59)
Im Zweiten Weltkrieg ist dieses Oelgemälde, das in der Ruhmeshalle des Zeughauses hing, bei einem Bombenangriff zerstört worden.
Peter Wallé äußert sich zu diesem Gemälde:
„.... unterhalb des Bildes an den Pfeilern zur Rechten findet sich eine kleine Schrifttafel zur Erläuterung des Portraits mit folgendem Wortlaut:
Bildniß des kurfürstlich brandenburgischen Oberbaumeisters und Obersten der Artillerie Johann Arnold Nering. Geburtsjahr unbekannt; gestorben im Jahre 1695. Entwarf den ersten Plan zum Bau des Zeughauses. Auf Befehl Sr. Majestät des Kaisers und Königs Wilhelm I., auf Wunsch des früheren Besitzers, des Generaldirektors der Isselburger Hütte Gustav Nering-Bögel dem Zeughause überwiesen ......
Ob diese Stelle dafür gerade recht glücklich gewählt sei, das mag eine offene Frage bleiben; gleichwohl läßt sich die Empfindung nicht unterdrücken, daß ein Ölgemälde wie dieses, auf eine feste Wand gehört, daß es hier etwas gezwungen mit den Kriegstrophäen in lose Verbindung gesetzt wurde, und daß ein einzelnes Ölgemälde sich mit der künstlerischen Gesamtwirkung dieses Hofes in Widerspruch setzt, dessen organischer Schmuck sonst ausschließlich in hervorragenden Sculpturen besteht.
Das Portrait selbst, über dessen Herkunft leider nichts Näheres mitgetheilt wird, als daß es sich im Besitze des Herrn Nering-Bögel befunden hat, deutet in der Manier auf Jakob Vaillant, welcher 1672 nach Berlin berufen wurde und unter Anderem M. M. Smids, den Lehrmeister Nerings gemalt hat.

Dargestellt ist Nering in der Tracht eines „kurfürstlichen Oberingenieurs" zu diesem Titel, den er nach Nicolai schon 1684 trug, erhielt er 1691 den eines „Oberbaudirektors". Es ist hiernach auffallend, daß Nering auf der Tafel im Zeughause nur als „Oberbaumeister" andererseits aber als „Oberster der Artillerie" bezeichnet wird. Mag er auch eine Zeit lang „Oberbaumeister" gewesen sein, so kann man doch heute nur vom „Oberbaudirektor" Nering reden; zumal er gerade in letzterer Eigenschaft seine bedeutendsten Werke geschaffen und insbesondere auch den Plan zum Zeughause aufgestellt hat.

Ob man Nering den Rang eines Obersten der Artillerie mit Recht angewiesen, das zu untersuchen ist Sache anderer Kreise; daß er diesen Rang bekleidet oder nicht bekleidet hat, dürfte noch zu erweisen sein, zumal die selbst ziemlich ausführliche Geschichte des preußischen Heeres von A. Mebes nichts davon weiß ....

.... Gleichwohl liegt es im allgemeinen Interesse, zuverlässig zu erfahren, auf welche urkundlichen Beweise die amtliche Inschriftentafel des Zeughauses sich stützt, wie ferner die Aechtheit des Bildes sich hat erhärten lassen?
Bis dahin nehmen wir das Portrait vorläufig als echt an und hoffen, daß es recht lange seinen Platz in der Ruhmeshalle behaupten wird."

Diese Feststellung traf Peter Wallé bereits im Jahre 1887. (59) Auch Georg Fritsch bezweifelt, daß es sich bei dem Portrait um Johann Arnold Nering handelt:
„Der bekannte Berliner Uniformenkenner, Kunstmaler Knötel, datiert das Bild nach Uniformschnitt wie insbesondere der kurzen Perücke des in den vierziger Lebensjahren Dargestellten als Bildnis eines preußischen (Artillerie-?) Offiziers aus etwa der ersten Zeit „Friedrich Wilhelm I." (1713 - 1740) (58) (Abb. 24 b)

59) Wallé, Peter: Ein Portrait Nerings im Zeughaus, in: Der Bär, 13. Jahrg. 1887 S. 2 f.

Nerings Wirkungskreis nach 1688

Mit dem Tode des Großen Kurfürsten 1688 begann für Nering unter Friedrich III. die zweite arbeitsreiche Epoche der Instandsetzung der Residenz Berlin. Als Künstler wie als Beamter wurde er in baulichen Angelegenheiten der Architekt seines Herren. Der Kurfürst übertrug ihm den Ausbau der Friedrichstadt, in welcher mehrere hundert Häuser nach seinen Zeichnungen entstanden. Allein 300 Häuser hat Nering in seiner kurzen Lebenszeit angeordnet und als höchster Beamter der Baupolizei bei strenger Bauvorschrift beaufsichtigt. Es durfte nur zweigeschossig gebaut werden, und die Bauflucht mußte genau eingehalten werden. (51)

Neben seiner Tätigkeit als Architekt hatte er den Nachwuchs im Ingenieurwesen zu prüfen. So hatte er 1691 den Johann Theodor Lessle „in der Ingenieurkunst zu examinieren und zu berichten, wozu derselbe nützlich zu employiren"; 1693 mußte er den Joachim Blesendorff als Ingenieur und Landmesser prüfen. (60)

Gemäß seiner früheren Ausbildung hatte er auch die Oberaufsicht über das Wasserbauwesen zu tragen. Belegt wird das durch eine Bauinschrift der Saaleschleuse bei Gimritz 1696, die Marsperger mitteilt. Eine Kupferplatte von 1694, die beim Bau des Nationaldenkmals in Berlin gefunden wurde und laut Hirzel im Märkischen Museum aufgehoben wurde, bezeugt einen Brückenbau „die erste steinerne Brücke zu Trota, die Saale schiffbar zu machen". (61)

Leider ist diese Plakette im Zweiten Weltkriege verloren gegangen. (62)

60) Wallè, Peter: Johann Arnold Nering, Kurfürstlich Brandenburgischer Oberbaudirektor (* 21. Okt. 1695) in: Centralblatt der Bauverwaltung 15. Jahrg. vom 23. Oktober 1895, S. 445.

61) Text der Plakette siehe S. 4

62) Freundliche Mitteilung des Märkischen Museums Berlin-Ost vom 28. Oktober 1981: Es handelt sich hierbei um Kriegsverlust

Nerings Arbeitskreis erweiterte sich immer mehr, bei Baustreitigkeiten und bei Vermessungen von Baustellen wurden die Supplikanten daran gehalten, nach seinen Rissen zu bauen. Besonderen Wert legte der Kurfürst auf Neringsche Entwürfe, wenn es sich um Verschönerungen der Häuser handelte. So heißt es in dem Schreiben auf das Baugesuch des Balthasar Faust unter dem 22. Oktober 1696: „Supplikant solle das ihm seitens des Kurfürsten ausgezahlte Geld zur Erbauung seines in der Breiten Straße an dem Stallplatze gelegenen Hauses anwenden und selbiges nach dem von dem verstorbenen Baudirektor Nering entworfenen Modell und Abriß aufbauen." (63)

Das Fürstenhaus

Die Breite Straße lag in der Nähe des Schlosses auf der Schloßinsel. An die Schloßinsel schloß sich der Friedrichswerder nach Norden an. Hier wohnten zwar außerhalb des Festungsgrabens, aber noch in die Verteidigungslinie miteinbezogen, viele Hofbeamte.

Ein prächtiges Haus bewohnte in der Kurstraße der Staatsminister Eberhard von Danckelmann. (64) Nering baute 1689 für ihn das sogenannte „Fürstenhaus". Es war ursprünglich Danckelmanns Eigentum, als er in Ungnade fiel, wurde es ihm abgenommen; es diente nun fremden Fürsten, die in die Residenzstadt zu Besuch kamen, als Wohnung. Zuletzt wurde es als Friedrichswerdersches Gymnasium benutzt. (65) Eine Handzeichnung Stridbecks (Abb. 25) aus dem Jahre 1816 zeigt das Fürstenhaus alleinstehend gegenüber dem Werterischen (Werderschen) Raths-Hause.

Der mittlere Fassadenteil ist betont durch ein stark profiliertes Gesims. Zwei Aufgänge rechts und links vom Mittelteil führen zu zwei Treppenhäusern für das dreischossige, große Gebäude. Das flache Dach ist mit Schornsteinen verziert. An den Fensterrahmen des Mittelteiles sieht man auf der Zeichnung die für Nering typischen Ohren als Verzierung. Giebelverdachungen der Fenster finden sich im zweiten Obergeschoß nach der Hauptstraße hin und betonen dadurch dieses Geschoß.

63) Borrmann, Richard: Johann Arnold Nering in: Deutsche Bauzeitung 28 Jahrg. vom 10. November 1894, D. 557

Das Haus Molkenmarkt Nr. 4

Das Haus Molkenmarkt Nr. 4 ist mit großer Wahrscheinlichkeit Nering zuzuschreiben. Es stand nach Hirzel 1924 noch unversehrt dort. 1690 hatte ein Brand fast alle Häuser des Molkenmarktes vernichtet. Den Hausbesitzern wurde durch einen Erlaß des Kurfürsten aus dem Feldlager gewährt, über die ursprüngliche Bauflucht herauszurücken, und Nering wurde beordert, diese neue Fluchtlinie festzulegen und mit Hofbauzimmermann Teichmann die Baurisse anzufertigen.

Es ist ein schlichtes Bürgerhaus gewesen und bildete mit seinen zwei Fronten eine in den Platz hineinspringende Baublockecke. Konsolgesims und die mit „Ohren" versehenen Fensterfassungen lassen auf Nerings Urheberschaft schließen. (66)

64) Danckelmann, Eberhard Christoph Balthasar, Freiherr von Brandenburg. Staatsmann, geb. 23. Nov. 1643 in Lingen, gest. 31. März 1722 in Berlin, studierte in Utrecht, unternahm dann größere Reisen, ward 1663 Erzieher des nachmaligen Königs Friedrich I. von Preußen und blieb auch nach beendeter Erziehung als Geheimer Sekretär und vertrauter Ratgeber beim Prinzen. 1688, nach dem Regierungsantritt seines einstigen Pfleglings, ward er Geheimer Staats- und Kriegsrat. 1692 Präsident der Regierung zu Kleve und 1695 Premierminister und Oberpräsident. Kaiser Leopold I. versetzte ihn mit seinen Brüdern in den Reichsfreiherrenstand. Die auswärtige Politik leitete D. im Sinne des Großen Kurfürsten, als Finanzminister suchte er Manufak-turen und Fabriken zu heben, schuf, um den Ertrag der Domänen zu erhöhen, eine eigene Hofkammer, aus der später das Domänendirektorium wurde, und leitete Friedrichs Hang zu übermäßigen Ausgaben auf nützliche Gegenstände, wie die Gründung der Universität Halle und der Akademie der Künste und die Prachtbauten in Berlin. Die Einsetzung seiner sechs Brüder in einflußreiche Ämter erweckte Neid und Haß gegen das „Danckelmannsche Siebengestirn". Als sich D. auch die Feindschaft der Kurfürstin Sophie Charlotte durch seine Opposition gegen die welfische Hauspolitik zuzog, erhielt er den 27. Nov. 1697 plötzlich seine Entlassung mit 10.000 Tlr. Pension, war jedoch kurz darauf in strenge Haft gebracht und in förmliche Untersuchung gezogen. Er verteidigte sich mit Erfolg gegen die meist unbegründeten 290 Beschuldigungen, die überdies zu der Strenge des Verfahrens außer Verhältnis standen; ein Strafurteil erging nicht, aber dennoch verlor er, durch Kabinettsorder Friedrich I. zu lebenslänglich enger Haft verurteilt, seine Güter, Pension und die ihm erblich zugesagten Würden. Erst 1702 erhielt er einige Festungsfreiheit, 1707 erlaubte ihm der König, in Kottbus zu wohnen und bewilligte ihm eine jährliche Rente von 2000 Tlr. Eine Aussöhnung kam nicht zustande.

Friedrich Wilhelm I. berief D. nach seiner Thronbesteigung 1713 auf ehrenvolle Weise an seinen Hof, aber ohne eine Revision seines Prozesses und eine Rückgabe seiner Güter anzuordnen. Seine sechs Brüder waren nicht in seinen Sturz verwickelt worden in: Meyers Konversations-Lexikon 1904 Bd. 4 S. 474

65) Marperger: Histoire d. berühmtesten europ.Baumeister (1711)

66) Hirzel: Johann Arnold Nering a.a. O. S. 18

Der Churfürstliche Jägerhof

Ein vornehmes Wohnhaus entwarf Nering mit dem Churfürstlichen Jägerhof in dem Stadtteil Friedrichswerder an der Jägerstraße-Ecke Oberwallstraße. Eine Zeichnung des Johann Stridbeck des Jüngeren von 1690 gibt darüber Aufschluß. (Abb. 26) Der Jägerhof zeigt eine Rustikazone. Eine von zwei Seiten aufsteigende, vorgelagerte Treppe führt zu einem Podest vor dem Haupteingang. Das schmiedeeiserne Geländer gibt dem Gebäude ein herrschaftliches Aussehen. Der Mittelbau ist durch Dreiviertelsäulen, die in Nischen stehen, hervorgehoben und wird von einem großen Segmentbogen in Höhe der Dachlinie abgeschlossen. Zwei zueinandergewandte Frauenfiguren in lagernder Haltung bekrönen den Bogen. Hohe, schmale Fenster, mit Giebelsegmenten geschmückt, tragen innerhalb der Segmente Hirschgeweihe. Der Putz auf den Fensterrahmen verbreitert, wie es für Nerings Bauten typisch ist, auf beiden Seiten die schmale, hohe Fensteröffnung und setzt sie in eine gute Proportion zum Giebelfeld. Der Putz läuft als Auflage noch bis zu einem Viertel der Fensterhöhe in einer Breite von 10 - 15 cm herab (sogenannte Neringsche Ohren). Ebenso zeigt die Fenstersohle diesen Ausputz, der sich in den Winkeln verstärkt. (67)
Das Haus hat neben breiten Mittelrisaliten des Einganges je drei Fenster in der Hauptfront und besteht über der Rustikazone aus zwei Stockwerken. Das obere Geschoß hat auch zweiflügige Fenster wie das Hauptgeschoß, doch sind sie niedriger gehalten. Sie betonen dadurch den schloßartigen Charakter des Hauses.
Das verhältnismäßig flache Dach zeigt neben dem Giebelsegment des Mittelbaues je eine Mansarde, die die gleichen Bogen über den Fenstern zeigen wie der Mittelgiebel nur im verkleinerten Maßstabe. Vier Kamine sind gleichmäßig auf dem Dachfirst als Blickfang angeordnet.
Dies Gebäude hat zur Zeit Friedrich des Großen, also hundert Jahre später, als „Königliche Banco" gedient und ist mit dem gesamten Bauplatz nachher zum Reichsbankbau verwendet worden.

67) Hirzel, Stephan: Johann Arnold Nering S. 19

Das Derfflinger Haus

Als Geschenk für den General Derfflinger hatte der Große Kurfürst ein Eckhaus am Kölnischen Fischmarkt ausersehen. Es lag gegenüber dem Kölnischen Rathaus. Das Haus hatte vorher einem Thomas Meden gehört. Nering erhielt den Auftrag, es zu einem kleinen Palais umzubauen. (68)
Mehrere Stufen führten vom Bürgersteig zu dem Portal wie eine kleine Freitreppe empor. Der Mittelbau zeigte über dem Portal drei hohe Fenster mit Giebelverdachung, die auf den Fensterrahmen die schon erwähnten Putzbänder mit Ohren in den Ecken als Schmuck trugen. Das zweite Geschoß war ein Halbgeschoß mit einfacheren Fenstern. Auf dem Dachgesims verdeckte eine Attika das Flachdach durch vier überlebensgroße Sandsteinfiguren. Der Dachfirst war durch drei gleichgebaute Kamine gekrönt.
Eine Flucht von sieben Fenstern gliederte die Straßenfassade des Hauses. Es war günstig zum Mühlendamm und damit zum Schloß gelegen.

Ein Bauplatz für Nering

Wie aus den Akten des Staatsarchives hervorgeht, (69) hat Nering einen eigenen Bauplatz zur Bebauung am Gießhaus auf dem Friedrichswerder 1690 vom Kurfürsten als Geschenk bekommen. Es muß sich um einen Bauplatz hinter dem Zeughause am Kupfergraben gehandelt haben. In der Urkunde heißt es:
„...... als Lehn, erb- und eigentümlich wegen seiner bisher unterthänigst geleisteten fleiszigen und gndst. gefälligen Dienste."
Ob das Grundstück noch von Nering bebaut wurde, ist zweifelhaft, weil er schon 1695 starb.

68) Hirzel: Johann Arnold Nering a.a. O. S. 17
69) Dekret vom 5. August 1690 vgl. ebd. S. 19

Nering hat seinen Namen, wie an Hand seiner Unterschrift zu erkennen ist, stets ohne „ H " geschrieben (siehe unten Abb. 27). Da aber vor dreihundert Jahren die Kanzlisten oft keine schriftlichen Unterlagen hatten, sondern nach Gehör schrieben, schlich sich durch sie das Dehnungs -h- in seinen Namen ein.
Es gibt sogar Schriften, in denen von „Nöhring" gesprochen wird. Die angeführten Hof-Bau-Personalakten haben sicherlich zur Schreibweise „ Nehring " beigetragen.

Namenszug von J o h a n n A r n o l d N e r i n g
Geh. Staatsarchiv in Dahlem Rep. 9-21/22

Zusammenfassung

Mit Erstaunen und Hochachtung lesen wir über Nerings Bautätigkeit in Berlin und Umgebung als Festungsbaumeister, Wasserbauingenieur und als Architekt. Die Zahl seiner Risse und Entwürfe ist überwältigend, wenn man bedenkt, daß ihm nur eine kur-ze Schaffenszeit von 1678 - 1695 vergönnt war.
Er hatte eine gründliche Ausbildung als Festungsbaumeister genossen, hatte sich im Schleusenbau in Holland noch während seiner Berliner Dienstzeit vervollkommnet, und durch Stipendien vom Kurfürsten Georg Wilhelm war es ihm möglich geworden, sich mit den Werken Palladios, dem französischen Barock und den holländischen Kirchenbauten zu befassen.
Bewußt wurde in der vorliegenden Arbeit ausführlich auf den Werdegang Schlüters eingegangen, um auf die Mängel in seiner Bautätigkeit hinzuweisen. Schlüter wird in der Literatur gegenüber Nering als der Bedeutendere dargestellt. Doch fällt der Vergleich zwischen einem Bildhauer und einem Architekten nicht gerecht aus. Der geniale Bildhauer Schlüter hat als Architekt Fehler gemacht, die letztlich zu seiner Entlassung führten.
Nering hat als Architekt solide Bauten aufgeführt. Seine Entwürfe wurden nach seinem Tode jedoch von anderen Architekten nicht in jedem Falle richtig ausgeführt. Die Holzkonstruktion des Burgkirchenturms in Königsberg steht heute noch, aber Grünberg, der Nachfolger Nerings, gelang die Durchführung des Kirchturmes der Parochialkirche nicht, weil er die geplante Holzkonstruktion in Stein ausführte.
Die vielseitige Ausbildung Nerings gewährleistete zwar einen soliden Architekten, jedoch machte sein Empfinden für Proportionen ihn erst zum Künstler in seinem Beruf. Je unscheinbarer sich seine Neu- und Umbauten der Umgebung in den für Nering typischen Baustil anpaßten, desto bedeutender mögen sie uns heute erscheinen.
Preußen nach dem dreißigjährigen Kriege war kein reiches Land. Es gelang Johann Arnold Nering mit einfachsten Hilfsmitteln durch geschickte Gliederung mit Risaliten,

durch Hinzufügen von Halbsäulen in Nischen und von Figuren aus Sandstein, die den Mittelteil der Fensterflucht eines Gebäudes oftmals charakteristisch hervorhoben, einen Eindruck der Geschlossenheit zu vermitteln.

Er schuf bei seinen Bauwerken einen überzeugenden Zusammenhang in den Proportionen von Haupt- und Nebenteilen. Viele Nachfolger haben sich um seine Proportionsauffassung, die uns durch zahlreiche Zeichnungen, Baupläne, Aquarelle und Stiche erhalten geblieben ist, bemüht. Als Schöpfer dieser Harmonie wird Nering der Begründer des „Preußischen Stils" genannt. (70)

Paul Sartre sagt in seinen „Les mots":
„Die Kultur vermag nichts und niemanden zu retten, sie rechtfertigt auch nicht. Aber sie ist ein Erzeugnis des Menschen, worin er sich projiziert und wiedererkennt, allein dieser kritische Spiegel gibt ihm sein eigenes Bild."

70) Georg Fritsch: Nering, Johann Arnold in Künstlerlexikon Thieme und Becker 1931 Bd. 25, S. 390/391

Verzeichnis der Abbildungen

1. Schloß Charlottenburg
   Luftaufnahme 1978
   Foto: Landesbildstelle Berlin: 208 663 4 Ln A

2. Oranienburg, Schloß
   erbaut 1651 nach Plänen von Johann Georg Memhard
   erweitert nach Plänen von Nering
   umgebaut nach Plänen von Eosander von Goethe
   Foto um 1912   Landesbildstelle Berlin: II, 4075

3. Potsdam Marstall
   (an der Nordseite des Lustgartens) im Hintergrund: Garnisonskirche
   Foto 1967   Landesbildstelle Berlin: 119 851

4. Schloß. Neubau des Kurfürsten Joachim II
   erbaut ab 1537 durch Kaspar Theiss, nach Entwurf von Konrad Krebs
   (Holzstich nach dem Ölgemälde vom Ende des 17.Jahrh.
   aus Schloß Tamsel bei Küstrin
   Foto: Landesbildstelle Berlin: II, 3012

5. Bezirk Mitte Berlin
   Lustgarten rechts die „Grotte" (Lusthaus seit 1738 Börse)
   und Pommeranzenhaus (Orangerie) im Hintergrund seit 1748 Packhof
   Handzeichnung von Johann Stridbeck um 1690
   Foto: Landesbildstelle Berlin: II, 1808

6. Das Leipziger Tor
   erbaut 1683 nach einem Entwurf von Nering,
   abgebrochen 1739 (Kupferstich nach A.Meyer)
   Foto: Landesbildstelle Berlin: 25 202

7. Bezirk Berlin Mitte
   Kurfürstenbrücke, die Lange Brücke vom Mühlendamm aus. (um 1835)
   Foto: Landesbildstelle Berlin: II, 3 113

8. Bezirk Berlin Mitte
   Schloß und Kurfürstenbrücke mit Denkmal des Großen Kurfürsten,
   Teil der Süd- und Spreefront mit Dom nach der Renovierung der Brücke und
   Umgestaltung von 5 Bögen auf 3 Bögen
   Foto: Landesbildstelle Berlin: 165 234

9. Der Mühlendamm
    erbaut 1683 nach Entwurf von Nering
    Handzeichnung von Joh. Stridbeck d. Jüngeren
    Foto: Landesbildstelle Berlin: II, 1813

10. Bezirk Mitte
    Berliner Schloß
    Spreefront Galeriebau von Joh. Arnold Nering
    Foto: Landesbildstelle Berlin: II 3 630

11. Ost-Berlin
    Schloß Köpenick
    Schloßkapelle Entwurf und Bau von Joh. Arnold Nering
    1682 - 1685 Foto (8.3.1980)
    Foto: Landesbildstelle Berlin: 224 418

12. Ost-Berlin
    Schloß Köpenick-Kapelle Innenansicht, Bau von J.A. Nering (Mai 1972)
    Foto: Landesbildstelle Berlin: 153 587

13. Die Burgkirche zu Königsberg
    Zustand von 1912
    Fotokopie entnommen aus: Georg Fritsch: Die Burgkirche zu Königsberg in Preußen und ihre Beziehungen zu Holland. Ein Beitrag zur Neringforschung. Dissertation, vorgelegt an der Technischen Hochschule zu Berlin am 25.September 1929, veröffentlicht in: Prussia, Zeitschrift für Heimatkunde und Heimatschutz 1935, Band 31, S. 13o-187, S. 149

14. Grundriß der Burgkirche zu Königsberg i.Pr.
    Nach Original-Abzug einer alten Kupferplatte aus dem Archiv der Kirche.
    Architekt Joh. A. Nering
    Fotokopie entnommen aus: Georg Fritsch s. oben S. 143

15. Burgkirche, Längsansicht von Südwesten.
    Fotokopie entnommen aus: Georg Fritsch a. a. O. S. 148

16. Burgkirche. Geplanter Turmhelm nach dem Original im Staatsarchiv zu Königsberg i. Pr. Entwurf Joh. A. Nering, 1687
    Fotokopie entnommen aus: Georg Fritsch a. a. O. S. 150

17. Bezirk Mitte Berlin
    Parochialkirche, Klosterstraße erbaut 1695-1714
    Archtiekten: Johann Arnold Nering, Philip Gerlach, Jean de Bodt
    Foto (um 193o) seit 1945 Ruine,
    Foto Landesbildstelle Berlin: 209 946

18 a. Das Zeughaus
Fassade und Grundriss, Kupferstich von Jeremias Wolff
Foto : Landesbildstelle Berlin: II, 4204

18 b. Zeughaus
erbaut 1695 - 1706, Entwurf von Nering
fortgeführt von Schlüter, vollendet von Jean de Bodt
Kupferstich von C. P. Busch
Foto: Landesbildstelle Berlin: II, 203

19. Das alte Berlinische Rathaus
Königstraße, Ecke Spandauer Straße
Kupferstich von J. D. Schleuen um 1745
Foto: Landesbildstelle Berlin: II, 4893

2o. Unter den Linden - mit Marstall (rechts) 1691
Farbige Handzeichnung von Johann Stridbeck d. J.
Foto: Landesbildstelle Berlin: II, 1819

21. Schloß Charlottenburg
„Das Königliche Schloß zu Lützenburg", Mittelbau von J. A. Nering
vor dem Umbau durch Eosander von Goethe, (1701-1707)
Federzeichnung (1704)
Foto Landesbildstelle Berlin: 16 851

22. Schloß Charlottenburg Parkseite (um 1929)
Foto Landesbildstelle Berlin: 6 188 4 R Bau

23. Prospect des Königlichen Lust-Schlosses zu Schönhausen,
von der Gartenseite anzusehen, Kupferstich von J. D. Schleuen
Foto Landesbildstelle Berlin: 97 764

24 a. Nevrou Susanna Nering, geb. Knobbe 1659 (Nerings Mutter)

24 b. Bildnis von 1715-1720,
Kopie im Zeughaus in Berlin vor der Zerstörung im Zweiten Weltkrieg.
(Laurentius Nering ?)
Die Originale (Ölbilder) befinden sich im Besitz von Freifrau Ilse von
Puttkammer, geb. von Gillhausen, Minerva Strasse, Isselburg
Sie ist die Enkelin von Gustav-Nering-Bögel
G. Nering-Bögel in: Heimatkalender Rees 1970, S. 102/105

25. Das Werdersche Rathaus
    erbaut 1673 auf dem Werderschen Markt
    Haus des Staatsministers v. Danckelmann, später Fürstenhaus, dann
    Friedrichswerdersches Gymnasium, erbaut 1674 nach Entwurf von Nering.
    Handzeichnung von Johann Stridbeck d. J.
    Foto Landesbildstelle Berlin: II, 1816

26. Jägerhof - auf dem Werder - 1690
    erbaut 169 nach Entwurf von Nering,
    abgerissen 1873 für den Neubau der Reichsbank
    Handzeichnung von Johann Stridbeck d. J.
    Foto Landesbildstelle Berlin: II, 1817

27. Namenszug Johann Arnold Nerings
    Geh. Staatsarchiv in Dahlem Rep. 9-21/22
    vgl. S. 57

Abb. 1

Abb. 2

Abb. 3

Abb. 4

Abb. 5

Abb. 6

Abb. 7

Abb. 8

Abb. 9

Abb. 10

Abb. 11

Abb. 12

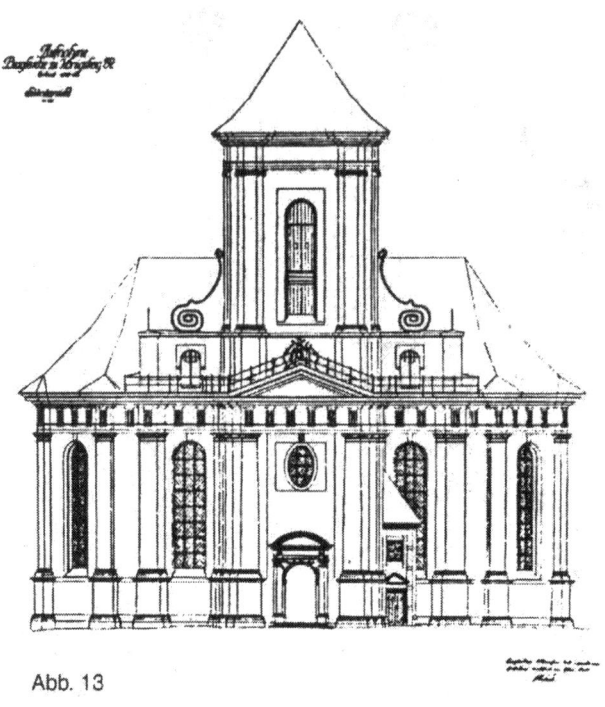

Abb. 13

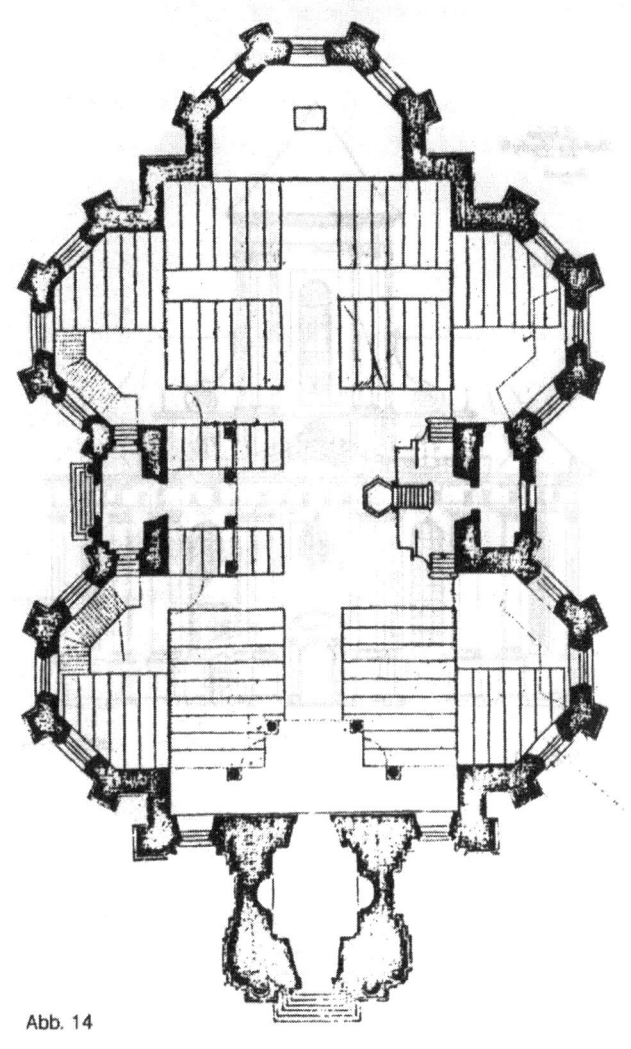

Abb. 14

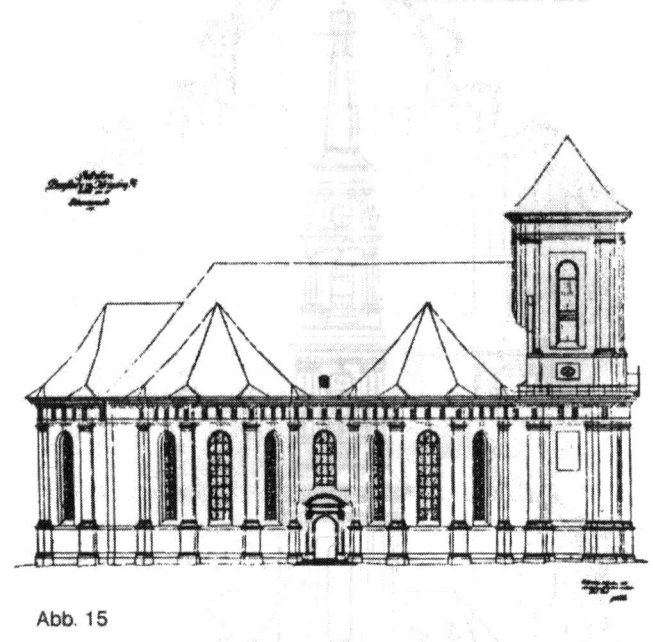

Abb. 15

Abb. 16

Abb. 17

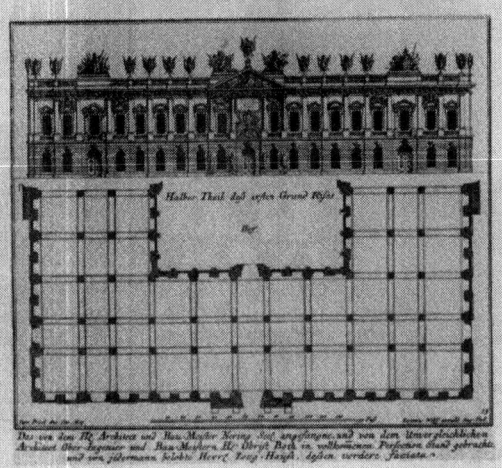

Abb. 18 a

Abb. 18 b

Abb. 19

Abb. 20

Abb. 21

Abb. 22

Abb. 23

Abb. 24 a

Abb. 24 b

Abb. 25

Abb. 26

Anhang

Durch den **Familienkreis Nehring** wurden nach dem Druck 1985 noch weitere Informationen über Johann Arnold Nering gesammelt. Diese beziehen sich auf Beiträge in den Heften des Familienkreises, Presseinformationen und Darstellungen im Internet und wurden im Frühjahr 2002, vor der Herausgabe dieser zweiten Auflage, von Günter Nehring zusammengestellt.

Böblingen 2002

Nehringstraße und Nehringschule

Südlich des Charlottenburger Schlosses in Berlin findet man die Nehringstraße (mit „h"), benannt nach dem Baumeister Johann Arnold Nering.
Das Bezirksamt Charlottenburg (Abt. Bauwesen) schreibt 1986 an Gerda Nehring u.a.:
„ Nach den uns vorliegenden Akten ging man bei der Benennung am 30.5.1892 jedoch von der Schreibweise „Nehring" aus. Gründe hierfür sind uns leider nicht bekannt. Offensichtlich nahm man es mit der Schreibweise seinerzeit nicht „so genau". Jedenfalls hat sich „Nehring" mit „h" inzwischen eingebürgert, obwohl diese Schreibweise - so auch die Auskunft im „Brockhaus" oder in „Meyers Enzyklopädie" – nicht korrekt ist."

Quelle: Familienheft Nr.6, Mai 1987

Die Nehring-Grundschule in der Nehringstraße 10, Charlottenburg, wurde 1899 (lt. Inschrift zum Pausenhof) gebaut und präsentiert sich heute als ein moderner roter Ziegelbau mit ursprünglich zwei Eingängen für Knaben und Mädchen getrennt.

Quelle: „Tagesspiegel" 9.5.1999

Nering-Genealogie

In der „Genealogie des Familienkreises Nehring" Ausgabe 4/1999, S.244 hat Theodorus A. Neerings, Amsterdam, folgende Ahnenfolge zu J. A. Nering erforscht und eine Anknüpfung an andere Nehringfamilien belegt:
„ ... Aus diesen Genealogischen Fragmenten erweist sich, daß Johannes N e e – r i n g s zu Utrecht (vorher Johannes Leonardus K u l e n k a m p L e m m e r s) von der im Fragment IV. erwähnten Susanna Maria N e r i n g B ö g e l aus Surinam abstammt. Ihr Vater, Conrad Laurens N e r i n g B ö g e l, getauft zu Terborg in der evang. Kirche am 29.11.1730, war der älteste Sohn von Johannes Henricus B e u g e l (Bögel), Schöffe und Gutsverwalter der Herrlichkeit Wisch, später Bürgermeister von Terborg in Gelderland, und der Susanna Maria Spoor. Diese wurde zu Wesel am 12.12.1703 als Tochter von Johann Adolph S p o o r, Richter zu Terborg, und der Maria N e r i n g getauft. Maria wurde zu Wesel in der Wilibrordi Domkirche am 2.6.1660 als Tochter von Dr. jur. Laurens N e -   ,

r i n g, Bürgermeister von Wesel und der Susanna K n o b b e, getauft. Als genealogische Folge aus diesen Familien ist sie (Maria) die jüngere Schwester von **Johann Arnold Nering** ..."

Schloß Oranienburg

Schloß Oranienburg ist das älteste Barockschloß in Brandenburg. Es diente seit 1690 Kurfürst Friedrich III. als prachtvoll ausgestalteter Repräsentationsort und wurde von J. A. Nering 1690-1694 umgebaut und erweitert.
Am 18.1.2001, dem 300. Jahrestag der Krönung des Kurfürsten zum ersten preußischen König, wurde das Schloßmuseum zusammen mit einem Kreismuseum eröffnet. Vorausgegangen war eine umfangreiche Restaurierung zur Wiedergewinnung der historischen Raumstrukturen.

Schloßansicht im Jahr 2002

Quelle: Internet 2002

Stadtschloß und Orangerie Potsdam

„Schon 1672 legte Memhardt dem Kurfürsten einen Entwurf für die Neuanlage der stadt vor. ... Der Plan wurde nicht realisiert. ... 1679 bis 1682 erfolgte die Erweiterung des Stadtschlosses durch Michael Matthias Smidts und Johann Arnold Nering ..."
„In einem Archiv in Hannover hat sich vor kurzem (2001) ein umfangreicher Planbestand gefunden, der frühe Entwürfe zu den ... und Potsdamer Barockschlössern zeigt. ..."

siehe nebenstehende Entwurfsskizze

Das Potsdamer Stadtschloss in einer Entwurfsskizze

Stadtschloß
Potsdam

Foto:

Landesbild-
stelle
Berlin

Das Schloß brannte nach einem Luftangriff am 14.4.1945 zur totalen Ruine aus. Der Abriß erfolgte auf Anordnung der DDR-Regierung 1959/1960.
Am 5.4.2000 erfolgte nach eimem Beschluß der Stadtverordnetenversammlung ein politisches Bekenntnis zum Wiederaufbau des Stadtschlosses im Jahr 2004, Fertigstellung ist geplant zwischen 2008 u 2010.
Quelle: Internet 2002

Im Buch „Potsdamer Schlösser", DDR 1984, findet sich ein Hinweis auf den Wiederaufbau der von J.A. Nering erstellten Orangerie (heute Filmmuseum):
„Der ehemalige Marstall im Zentrum der Stadt wurde 1977 bis 1980 von Bauhandwerkern und Restauratoren aus der Volksrepublik Polen und der DDR restauriert und im Innern zum Filmmuseum ausgebaut. Eine besondere restauratorische Leistung war die Wiederherstellung der von F.C. Glume 1746 geschaffene Pferdegruppe."
Fotos aus obigem Buch von 1981 mit Ansicht der angebrachten Plakette (siehe unten).

Stadtschloß und Sarkophag Berlin

„Kurzer Abriß der Baugeschichte des Schlosses:
... Das Stiegenhaus an der Spreeseite verfügte an Stelle von Stufen über Rampen, die es gestatteten, die Repräsentationsräume auch zu Pferd zu erreichen. An der gegenüber liegenden Südwestseite hatte Kurfürst Georg in den Jahren 1593-95 durch den Grafen zu Lynar einen fünfgeschossigen Saalbau, den sog. „Kurfürstenbau" aufführen lassen. Ihm fügte Johann Arnold Nering 1681-85 nach Nordwesten einen zweigeschossigen Torbau an. ..." (s. Pfeil)

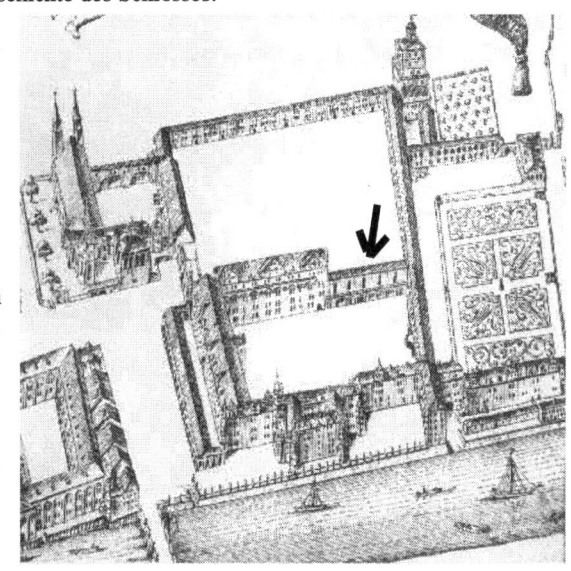

Quelle: Internet 2002

Aus „Die Geschichte des Berliner Kgl. Schlosses" von Willy Lambrecht (s.auch 8. Familienblatt Nehring S. 27/28, W.K. Nehring):
„ Nach ungefähr vierzigjähriger Regierungszeit griff der Kurfürst seinen schon lange gehegten Plan, die Vergrößerung des Schlosses, wieder auf. Der neue Oberbaudirektor Johann Arnold Nering, mit den klassischen Formen der Michelangelo und Bramante vertraut, war von ihm dazu ausersehen. Zuerst entstand an der Spreeseite ein neuer kleiner Flügel, der das „Haus der Herzogin" mit dem Lustgartenflügel verband. Die „Braunschweigische Galerie", eine der Galerien der beiden Obergeschosse, gehörte noch später zu den Festräumen der Kaiserzeit. Die Ausstattungsarbeiten der Räume erstreckten sich noch weit in die Regierungszeit Friedrichs III., des späteren ersten preußischen Königs, hinein ...
... Das größte Werk Nerings aber war die Schaffung des großen Saales für Festlichkeiten, des „Alabastersaales", des „Weißen Saales". Die schneeweißen Wände schmückten Halbsäulen, zwischen denen die Statuen der Kurfürsten des Deutschen Reiches aufgestellt wurden. Dazu kamen neben zwölf Brandenburgern die Berühmtheiten der Weltgeschichte: Cäsar, Alexander, Karl der Große und andere. ..."

Ausschnitt aus der Berliner „Morgenpost" vom 1.4.1993 unter „Sarkophage im Dom aufgestellt" (siehe auch Familienheft 8/1995):
„Zwei weitere Sarkophage sind gestern in der Predigtkirche des Berliner Doms, der am 6. Juni wiedereingeweiht werden soll, aufgestellt worden:
Dabei handelt es sich um die Prunksärge des Großen Kurfürsten Friedrich Wilhelm und seiner zweiten Gemahlin Dorothea von Holstein, die Ende des 17. Jahrhunderts gestorben sind. Die Zinn-Sargophage wurden nach Entwürfen von Arnold Nering gefertigt. Bereits Mitte Januar waren die Sarkophage von König Friedrich I. Und Königin Sophie Charlotte unter der Südempore in der Kuppelkirche aufgestellt worden. *Epd/BM*"

Schloßkapelle von Köpenick

„ ... Die zum Köpenicker Schloß gehörige Schloßkapelle wurde von Johann Arnold Nering 1683 bis 1685 gebaut, als ersten protestantischen Zentralbau der Mark Brandenburg. Eine besondere Kostbarkeit sind die filigranen Stuckarbeiten des Italieners Giovanni Caroveri im Innenraum der Kapelle.
Seit Dezember 2001 nutzt die Evangelisch-reformierte Schloßkirchengemeinde Köpenick die Schloßkapelle für Gottesdienste, Andachten und Konzerte. Als reformierte Gemeinde geht sie – wie die lutherischen Gemeinden – auf die große Reformation im 16. Jahrhundert zurück. Gegründet wurde sie im Juni 1684 von Deutschen und Niederländern. Später kamen die eingewanderten Hugenotten aus Frankreich, vertriebene reformierte Christen aus der Pfalz, aus Böhmen und Mähren und Zuwanderer aus der Schweiz, Polen und den Niederlanden hinzu.
Im Dritten Reich fanden in ihr die Gemeinden der Bekennenden Kirche – Gegner der Nazi-Kirchenpolitik – aus Köpenick, Adlershof und Friedrichshagen eine Heimat. ..."

PS: Das Schloß war auch Gerichtsstätte, hier fand 1730 auf Befehl Friedrich Wilhelm I. der Prozeß gegen seinen Sohn, den späteren Friedrich II., sowie gegen seinen Freund, Leutnant von Katte, wegen ihres Aufbegehrens gegen den Landesherrn statt. Das Kriegsgericht fand im „Wappensaal zu Köpenick" statt. Es endete mit der Exekution des Leutnants von Katte, das Todesurteil für den späteren König wurde aufgehoben.

Quelle: Internet 2002

Burgkirche in Königsberg

Kurfürst Friedrich Wilhelm ordnete 1662 den Bau einer deutsch-reformierten Kirche an. Sie wurde nach Entwürfen von Johann Arnold Nering unter Einwirkung niederländischer Vorbilder errichtet. Am 23.1.1701 wurde der Renaissancebau durch König Friedrich I. eingeweiht.
Seit 1819 hieß sie nur noch „Burgkirche". Die Kanzel (1699) mit zwei Aufgängen stand auf der Längsseite des Schiffes, davor ein schlichter Tisch. Die Orgel ist ein Werk von Josua Mosengel.

Die Burgkirche wurde durch den englischen Luftangriff 1944 stark zerstört. Alle kostbaren Sehenswürdigkeiten (Schnitzereien, Bilder, Kirchengerät) wurden total vernichtet. Das Schiff wurde Anfang 1955 gesprengt. Wandreste und der Turm zerfielen allmählich. 1969 erfolgte der engültige Abriss. Die Kirche existiert n i c h t   m e h r !

Die Kirchenruine im Jahr 1955

Die Burgkirche vor der Zerstörung

Quelle: Internet 2002

Die Parochialkirche

Auszug und Fotos aus „MONUMENTE" 5/6 2000:
„Viel Mißgeschick um ein Gotteshaus
Noch als brandenburgischer Kurfürst hatte Friedrich 1694 dem Bau einer eigenen Kirche in der Klosterstraße für die reformierten Christen in Berlin zugestimmt. Er hatte für das Vorhaben 10.000 Taler gespendet, die Kurfürstin gab aus ihrer eigenen Schatulle noch einmal 1.000 Taler hinzu. Seinen Oberbaudirektor Johann Arnold Nering hatte er mit der Planung beauftragt. Dieser entwarf einen Zentralraum mit vier halbrunden Apsiden, eine sogenannte Vierkonchenanlage. Über dem Scheitelpunkt der Kuppeldächer sollte sich ein kleiner barocker Turm erheben, und an der Westseite war eine Vorhalle mit drei Achsen und einem giebelbekrönten Portal geplant.
Doch Nering starb wenige Wochen nach der Grundsteinlegung am 21. Oktober 1665. Sein Nachfolger Martin Grünberg mußte die Pläne Nerings schließlich aus Kostengründen abwandeln. Mit fatalen Folgen: Am 27. September 1698 stürzte die Mittelkuppel ein.
Zu Ehren Friedrichs I. sollte die Kirche an einem Sonntag im Januar eingeweiht werden, denn der Monarch hatte sich in diesem Monat des Jahres 1701 in Königs-

Die Parochialkirche in Berlin Mitte im Jahr 2000

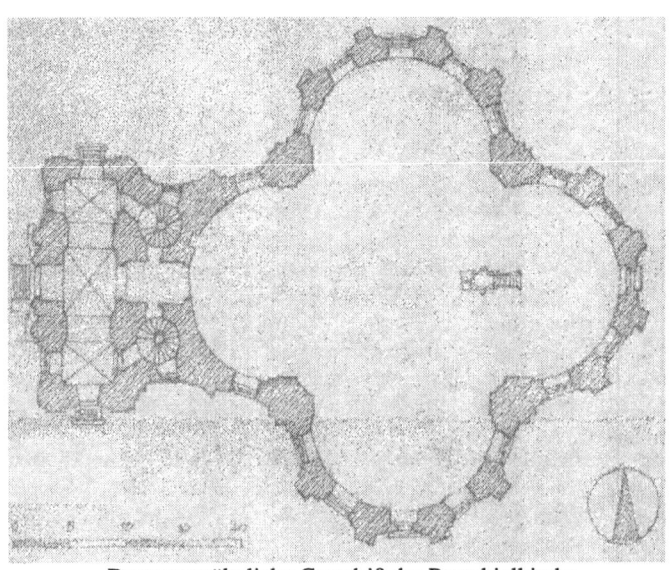

Der ungewöhnliche Grundriß der Parochialkirche

berg zum „König in Preußen" gekrönt. Als nun der Januar 1703 verstrichen, ein Ende der Bauarbeiten an der „Neuen Reformierten Stadt- und Pfarrkirche" jedoch immer noch nicht abzusehen war, legte Friedrich den Tag der Kirchenweihe kurzerhand auf den 8. Juli 1703 fest. Eine mutige Entscheidung, war die Parochialkirche doch an diesem Tag noch lange nicht fertig. So mußte Friedrich sogar einige Tapisserien aus seinem Schloß hergeben, um den Kirchenraum halbwegs auszuschmükken. ...
Die Kirche, wie sie schließlich 1703 eingeweiht wurde, hatte – abweichend von Nerings Plänen – begradigte Dächer. Den Mittelturm hatte Grünberg auf die Vorhalle verlegt.
Nach dem Tod Martin Grünbergs im Jahr 1706 wurde der Turm bis 1714 nach Plänen Jean de Bodts aufgestockt und ein aus 37 Glocken bestehendes Carillon in der Spitze untergebracht. Die „Singuhrkirche" sollte das hübsche Glockenspiel bis zum 24. Mai 1944 behalten, als sie von einer Brandbombe getroffen wurde. Der Turm stürzte damals in das Kirchenschiff, das mitsamt der Ausstattung völlig ausbrannte. Vom Carillon blieben nur zwei Glocken zurück.
Der bereits 1945 begonnene Wiederaufbau der Parochialkirche stagnierte seit 1953. Die Gemeindemitglieder versammelten sich zu den Gottesdiensten im Turmsaal, und das Kirchenschiff diente bis zum Frühjahr 1991 als Möbellager.
Seither wird die Parochialkirche nach und nach mit Mitteln des Bundes, des Berliner Senats, der Bundesstiftung Umwelt, der Landeskirche und der Kirchengemeinde gesichert. ... (verschiedene Stiftungen und Privatpersonen unterstützen den Aufbau, z.B. auch der Familienkreis Nehring mit 1.000 DM in 2001. Der Herausgeber) Es ist geplant, die Außensanierung des Gebäudes zum 300. Jubiläum der Weihe im Jahr 2003 abschließen zu können."

Das Zeughaus

Das als Waffenarsenal und Kriegsmagazin für die Festung Berlin 1695 bis 1706 von J. A. Nering, Martin Grünberg, Andreas Schlüter und Jean de Bodt errichtete Bauwerk ist das älteste Gebäude Unter den Linden und eines der bedeutendsten Barockbauten der Stadt Berlin. Es war 1883-1945 Militärmuseum, ab 1952 Geschichtsmuseum. Heute befindet sich darin das Deutsche Historische Museum.   (Quelle: Internet 2002)

Das Zeughaus heute und eine der 32 Kriegermasken von Schlüter im Innenhof

Der Gendarmenmarkt

Bis 1688 war der Gendarmenmarkt, der zu den schönsten Plätzen Berlins zählt, ein Wiesen- und Ackergelände vor den Stadtmauern Berlins. Die Baumeister Mathias Smids und Johann Arnold Nering legten ein strenges Raster über das Ackerland; der Gendarmenmarkt (siehe Foto) wurde allerdings erst nachträglich in das vorhandene Straßenraster eingefügt.

Die Architekturgeschichte des Platzes begann nach dem Siebenjährigen Krieg unter der regen Bautätigkeit Friedrich des Großen. Man war vor allem darauf bedacht, den hier errichteten Bauwerken einen angemessenen Wirkungsraum zu verschaffen. Der Deutsche Dom, der Französische Dom und das Konzerthaus (früher „Schauspielhaus am Gendarmenmarkt") bilden ein bauliches Ensemble, das die strenge Rasterordnung der sie umgebenden Blöcke wiederholt.

Quelle: Internet 2002

Das Schloß Charlottenburg

Der von Johann Arnold Nering 1695 (ohne Turm) entworfene und später abgeänderte (vergleiche Stich auf Buchrückseite) Mittelbau des Schlosses von der Innenhofseite.

Foto: Internet 2002

Bildunterschrift: „IM BAU: Schloß Charlottenburg von der Parkseite aus gesehen. Abbildung aus Thesaurus Brandenburgicus von Paul Werner, 1699"

Foto: Stiftung Preuß. Schlösser und Gärten

Im Vergleich:
die Gartenseite heute

Foto: Postkarte 1979

Das Schloß in Schwedt

Das von Ryckwaert ab 1670 ausgefürte Schloß (Corps de logis) und vom Oberaufseher aller Bauten, Johann Arnold Nering, betreute Bauvorhaben enthielt eine Reihe von Stukkaturen durch den Baumeister Giovanni Simonetti.
Es ist im 2. Weltkrieg total zerstört worden und existiert nicht mehr. Im April 1945 wurde Schwedt nahezu vollständig zerstört. 80% aller Gebäude fielen dem Artilleriebeschuß zum Opfer.

Schloß Niederschönhausen

Schloß Niederschönhausen   Foto: Internet 2002

1662 erwarb Gräfin Dohna aus dem Hause Holland-Brederode Niederschönhausen und Pankow und ließ 1664 auf dem Niederschönhausener Rittersitz ein repräsentatives Wohnhaus im holländischen Stil errichten. Dieses zweigeschossige „petit palais" stellt den Kernbau des heutigen Schlosses Schönhausen dar.
Kurfürst Friedrich III. (1657-1713, Kurfürst ab 1688) der schon in jungen Jahren Gefallen an dem Anwesen gefunden hatte, konnte es einschließlich beider Dörfer im Jahre **1691** von der Witwe des Oberhofmarschalls Joachim Ernst von Grumblow für 16.000 Taler erwerben. ... Das kleine Schlößchen ließ er in den folgenden zwei Jahren durch Johann Arnold Nehring überarbeiten.
Hier bereitete der Kurfürst im August **1700** mit Mitgliedern des Geheimen Kabinetts letzte Schritte seiner Krönung zum „König in Preußen" vor. ... Danach begann unter Leitung des Hofarchitekten J.F. Eosander von Göthe ein erneuter, prunkvoller Um- und Erweiterungsbau des Schlosses zum königlichen Sommersitz, umgeben von einem im Stil des französischen Barock angelegten Garten. ... Sein Sohn, Friedrich Wilhelm I., verpachtete Teile des Geländes und ließ im Schloß Beamte wohnen.
Friedrich II. schenkte das Schloß nach seinem Regierungsantritt **1740** seiner Gemahlin Elisabeth Christine von Braunschweig-Bevern (1715-1797), die sich dort buchstäblich „zu Tode" gelangweilt haben soll. ... Nach dem Tod der Königin wurde das Schloß nur noch zeitweilig von Verwandten und Gästen der Hohenzollern bewohnt. Schließlich diente es als Möbel- und Bilderspeicher.
Seit **1920** in preußischen Staatsbesitz, wurde es der Öffentlichkeit zugänglich gemacht und von Kunstvereinen für Ausstellungen, in der NS-Zeit von der Reichskunstkammer, genutzt. ... **1945** unter Sowjetischer Militär-Administration diente es **1949-1960** als Amtssitz des Präsidenten der DDR und wurde danach Gästehaus. **1989** war Michail Gorbatschow mit Gattin einer der letzten Gäste. **1989** fanden hier die „Zwei plus Vier" Gespräche in Vorbereitung der Vereinigung beider deutscher Staaten statt.

Quelle: Internet 2002

Schloß Friedrichsfelde

Schloß Friedrichsfelde　　　　　　　　　　Foto: Internet 2002

Das Schloß Friedrichsfelde, ein stattlicher Barockbau, entstand 1695 als Landhaus des Generaldirektors der kurfürstlichen Marine, Benjamin Raulé, vermutlich nach Plänen von Johann Arnold Nering.
Nach dem Sturz Raulés (der diesen für drei Jahre in den Spandauer Juliusturm brachte) fiel es an den Kurfürsten, der es 1717 Albrecht Friedrich aus der abgespaltenen Familienlinie der Markgrafen von Brandenburg-Schwedt schenkte. Der neue Besitzer ließ es 1719 von Martin Böhme, Eosanders Nachfolger als Berliner Schloßbaumeister, vergrößern und prächtiger ausstatten. Es wurde auf beiden Seiten um je drei Achsen erweitert. Die heutigen Dreiecksgiebel sind wie die Form des Mansardendachs Veränderungen des frühen 19. Jh. Das Schloß wechselte häufig den Besitzer, gehörte dem jüngsten Bruder Friedrichs des Großen, dem Prinzen Ferdinand, später dem Herzog Peter von Kurland, der die Innenräume klassizistisch umgestalten ließ, und 1816-1945 der Familie von Treskow.
Nach dem Zweiten Weltkrieg jahrelang vernachlässigt, wurde der Bau in den 70er Jahren mit neuen Fundamenten unterfangen und bis 1981 wiederhergestellt. Von der alten Inneneinrichtung blieb nur wenig erhalten, darunter die reich geschnitzte Treppe und der stuckierte Festsaal von 1785. Die restlichen Räume wurden durch Einrichtungsstücke aus anderen Schlössern und Gutshäusern stilecht ausgestattet. Der zugehörige ausgedehnte Schloßpark, 1821 von Peter Josef Lenné zu einem Landschaftsgarten umgestaltet, beherbergt seit 1955 den (Ost-Berliner) Tierpark.

Quelle: Internet 2002

Das Schloß Barby

Schloß Barby

Foto: Internet 2002

1659 fielen die Barbyer Besitzungen auf Grund von Lehensansprüchen an das Kurfürstentum Sachsen. Von dieser Zeit an hatte Herzog August von Sachsen-Weißenfels die Regentschaft inne. Seinem 4. Sohn, Herzog Heinrich, übergab er die Grafschaft Barby im Jahre 1680. Da die vernachlässigte gräfliche Burg nicht dem Repräsentationsbedürfnis des Herzogs Heinrich entsprach, (er war auch Dompropst in Magdeburg und besaß beachtliche Einkünfte von weißenfelsischen Gütern), begann er 1687 das zweigeschossige Barockschloß in Barby mit H-förmigem Grundriß nach den Plänen von **Johann Arnold Nering** zu bauen. Die Ausführungen übernahm Christoph Pitzler und ab 1707 Giovanni Simonetti. Im Gegensatz zur relativ schlichten Außenfassade stand die repräsentative Innengestaltung mit einer Rotunde im „Roten Saal", vielen Deckengemälden des Franzosen Antoine Pesne, den Stuckdecken des Italieners Minetti, sowie den geschnitzten Türen von Charton. Der Schloßbau wurde erst 1717 fertiggestellt. Zur Zeit des Herzogs Heinrich befanden sich im Schloß eine Gemäldegalerie, eine Kunstkammer, ein Porzellankabinett und eine Bibliothek. 1739 zerstörte ein Brand den südlichen Querflügel des Residenzbaus. Da dieser Flügel nie wieder aufgebaut wurde, bietet sich der Repräsentationsbau heute nicht mehr vollständig dar. Häufig wechselten die Besitzer, Brände und Umbauten veränderten insbesondere die Innengestaltung. 1746 wurde das Gebäude nach Aussterben der Herzöge von Sachsen-Weißenfels von der Herrenhuter Brüdergemeinde erworben und diente als Theologieseminar. Von 1813 – 14 war es französisches Lazarett. 1815 erwarb es Herr Dietze, ab 1820 diente es als Getreidelager bevor es 1855 der preußische Staat kaufte, und ein Lehrerseminar einrichtete. Ab 1925 war es Aufbauschule. Nach Ende des 2. Weltkrieges nutzte das Objekt die Sowjetarmee. Von 1959 bis 1979 diente es schließlich als Auffanglager für Umsiedler oder Rückkehrer aus der BRD und Wohnheim für ausländische Gastarbeiter. Ab 1979 befand sich in den Räumen das Archivdepot für Grundstücksangelegenheiten in Form von Grundakten und Grundbüchern.
Heute ist es Grundbucharchiv von Sachsen-Anhalt.

Quellen: „Spurensuche, von der Völkerwanderung zum heutigen Landkreis Schönebeck" der Kreissparkasse Schönebeck 1999, sowie Internet 2002